EX LIBRIS

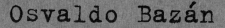

Osvaldo Bazán

...y un día Nico se fue

Nueva versión corregida y aumentada

Prólogo de Daniel Balderston

MAREA
EDITORIAL

MAREA
EDITORIAL

Bazán, Osvaldo
Y un día Nico se fue. - 2a ed. 1ª reimp. - Buenos Aires : Marea, 2005.
208 p. ; 20,50x12,5 cm. – (Náufragos ; 1)

ISBN 987-21109-6-4

1. Narrativa Argentina - Homosexualidad I. Título.
CDD A863.086 642

Primera impresión segunda edición: Noviembre de 2004
Primera reimpresión: Enero de 2005

Cuidado de la edición: Constanza Brunet
Diseño de tapa, de la colección e ilustraciones: Pablo Temes
Asistencia de edición: Virginia Ruano

© 1999 Osvaldo Bazán
© 2004 Osvaldo Bazán
obazan@editorialmarea.com.ar

© 2004 Editorial Marea S.R.L.
Amenábar 3624 – 10º A – Buenos Aires – Argentina
Tel.: 4703-0464
marea@editorialmarea.com.ar

ISBN 987-21109-6-4

Impreso en la Argentina
Depositado de acuerdo a la Ley 11.723

A todos nosotros

"...Ah! Bruta flor do querer.
Ah! Bruta flor, bruta flor..."
O Quereres. Caetano Veloso

"¡Bueno...!"
Amándote. Jaime Roos

"De alguna manera
tendré que olvidarte.
Y nada más, y nada más.
Apenas nada más."
De alguna manera. Luis Eduardo Aute

"...yo le dije 'si no estás tú,
¿qué voy a hacer, si no estás tú?'.
Y es sabido que es peligroso
decir siempre la verdad..."
Fiesta. Raffaella Carrá

Prólogo a la nueva edición

...y un día Nico se fue se publicó originalmente en Rosario en 1999, y fue el primer libro de Osvaldo Bazán. Una novela cómica de un ritmo *staccato*, narra la historia de una relación de seis años entre el narrador (se llama Osvaldo y tiene 26 al principio de la relación) y el Nico nombrado en el título. Tiene como escenario la ciudad de Rosario, aunque en el momento de la narración Osvaldo se haya ido a vivir a Buenos Aires. Un relato que el lector supone autobiográfico, a la vez que por su vocación cómica el narrador se convierte a sí mismo y a sus personajes en caricaturas, sobre todo en el caso del psicólogo que lo insta a narrar su historia. A la vez, hay un juego constante con la literatura y las convenciones literarias, que llegará a su culminación en el momento en que el lector se reconoce en el interlocutor sentado frente a Osvaldo en El Trébol en la avenida Santa Fe, una noche porteña cualquiera.

Después de la publicación casi secreta de esta novela, Bazán publicó dos libros que tienen que ver entre sí: la novela *La más maravillosa música (una historia de amor peronista)* (Perfil, 2002), un relato de una relación de amor entre varones que se hace imposible en el momento de la vuelta de Perón y la masacre de Ezeiza, e *Historia de la homosexualidad en la Argentina. De la Conquista de América al siglo XXI* (Marea, 2004). La imaginación histórica que se expresa en *La más maravillosa música* se complementa en el goce narrativo de los capítulos de la *Historia*, y el momento culminante de ambos libros, la relación intensa y conflictiva de los primeros activistas gay en la Argentina y la izquierda revolucionaria de fines de los 60 y principios de los 70, despierta en el lector el deseo de saber más. Bazán en estos libros evoca con mucha intensidad un momento histórico, y lo que Manuel Puig (travestido como la doctora danesa Anneli Taube, en la última nota de *El beso de la mujer araña*) llamó "el motor primero de la homosexualidad [...] su característica de inconformismo revolucionario", la relación entre revolución sexual y revolución social. En *La más maravillosa música* la evocación de ese momento de "inconformismo revolucionario" está muy bien lograda, como lo está también la distancia entre ese momento y el tiempo de la narración, en una Argentina menemista donde todo se ha vuelto mercancía, hasta el amor homosexual.

...y un día Nico se fue es otro tipo de novela, más ligera sin duda, también mucho más inmediata. En gran parte es un retrato de dos familias rosarinas, la del narrador y la de Nico, y de sus luchas en torno a la homosexualidad de sus hijos. Es notable la relación que se establece entre las dos madres, y también la manera en que Osvaldo retrata a sus amigos Roberto y Cecilia, que acaban siendo los testigos más importantes de la relación. Me interesa como Bazán desplaza, por lo menos en parte, el centro de la narración de lo que pasa entre Osvaldo y Nico a cómo miran esa relación sus familias y sus amigos. En ese sentido no es solo una novela de amor homosexual (con énfasis en cómo lo vive la pareja) sino también una novela de la gran familia argentina, de cómo poco a poco se transforma la manera de ver la homosexualidad. Y en ese sentido es interesante cómo el vocablo "puto", de gran agresividad al inicio de la novela, deviene término de afecto no solo para los personajes homosexuales sino para sus familias y sus amistades.

Es una novela cómica, pero lo que cuenta es triste: como sugiere el título, es sobre el fin de la relación, y sobre una obsesión con Nico. Pero a la vez es sobre la manera en que Osvaldo logra transformar lo que vive como tragedia en otra cosa. El ritmo *staccato* que mencioné antes está logrado a base de una voz ocurrente, a veces casi histérica, que convierte la experiencia en anécdotas, que logra apayasar vivencias desgarradoras. Si algunos de los personajes se ponen máscaras en la marcha de orgullo gay en el capítulo 35, el narrador también se pone una máscara de payaso para contar su historia.

Esta novela transcurre en dos departamentos en Rosario (el de Osvaldo y el de los padres de Nico), en un colegio, y en las calles y boliches de la ciudad: es un libro que transita espacios públicos y privados. Cuenta transformaciones en la sociedad a través de las vivencias de una pareja que deja de serlo. Es interesante que de aquí Bazán haya pasado a narrar la historia de la Nación, tanto en *La más maravillosa música* como en su extensa y célebre *Historia de la homosexualidad en la Argentina*. Su tema en los tres libros es de algún modo la "historia de la vida privada", solo que lo privado es también lo público. Esta novela, como *La más maravillosa música*, es también la "historia de una pasión argentina". Celebro el hecho de que Editorial Marea haya decidido reeditarla, e invito al lector a descubrirla –y a descubrirse–, sentado en una mesa que dé a la calle, escuchando a Osvaldo, que nos cuenta su historia.

Daniel Balderston*
Bogotá, octubre de 2004

* Catedrático de Literatura Latinoamericana de la Universidad de Iowa y actual presidente del Instituto Internacional de Literatura Iberoamericana.

1. Berenjenas y sandías

...y un día Nico se fue.

No, no es que haya dicho que necesitaba un tiempo para ver qué le pasaba, que es una mentira tan piadosa, tan de bien llevar, que al menos te da un respiro, una oportunidad para ponerte a pensar un poco que las cosas están tomando un rumbo equivocado y habrá que ver cómo enderezar todo.

No.

No dijo que estuviésemos atravesando un período difícil, que a ver qué podíamos hacer, que por qué no charlábamos un poco lo que nos pasa.

Es más, yo estaba convencido de que no nos pasaba nada.

Y bueno, parece que eso mismo hizo que para Nico la situación se tornase insostenible. ¡Insostenible! A él no le pasaba nada y sólo por eso decidió irse. ¿Se entiende?

¿Cómo te puede decir la persona a la que le dedicaste los últimos seis años de tu vida, el tipo al que considerás parte tuya, que la situación es insostenible, e irse así como así, de un día para otro, sólo porque no pasa nada?

¿Cómo me puede haber hecho esto a mí?

Un incordio.

Ahora es fácil decir que lo que pasó fue que yo siempre negué la realidad y que no puede ser que no haya visto todas las señales que Nico me daba de que la cosa no daba para más. No las vi porque no las hubo, te juro. ¿O los amigos de la pareja pudieron ver algo? ¿Ellos intuían algo? ¿Vos te creés que ellos intuían algo? No, ellos tampoco intuyeron nada, con lo cual está claramente demostrado que Nico enloqueció de un día para otro.

Yo creo que debe ser algo que comió.

No, en serio, a veces pasa. La tía Rosa me contó de una chica que era lo más tímido y virgen que había sobre el planeta Tierra hasta que comió milanesas de berenjena y cayó en la vida. Eso pasa. El mundo es ancho y ajeno y cada hogar es un mundo.

Pensándolo bien, no creo que haya sido eso. Que yo recuerde en casa jamás comimos milanesas de berenjena ni nada que se le pareciese, porque odio las berenjenas, y la vez que Nico amenazó con hacerlas las escondí adentro del televisor desarmado que teníamos en el cuartito de las porquerías. Él las descubrió unas cuantas semanas después cubiertas como de una virulana, y quedó claro que nunca, nunca, en casa se comerían berenjenas.

Yo pensé que le había causado gracia.

Pensé que le había parecido gracioso.

Pensé que yo le causaba gracia.

Ahora seguramente está comentando con su psicóloga mi tara con las berenjenas.

No puede haberme dejado porque no me gusten las berenjenas, eso lo tengo claro.

Sin ir más lejos, él jamás soportó la sandía.

¿Te imaginás?

No conozco mucha otra gente que no soporte las sandías, ¡las sandías! Una fruta tan... tan... tan bien. ¡Una sandía! ¡Dejame de joder! Bueno, de acuerdo. A mí no me gustan las berenjenas (cosa que después de todo, y por lo que sé, le pasa a millones de personas en el planeta) y a él no le gustan las sandías (algo bastante extraño, porque la sandía es una fruta que le gusta a todo el mundo).

¿Es eso causal de divorcio?

No, porque si seis años de maravillosa convivencia se van al carajo porque uno no soporta las berenjenas (mi caso) y otro no soporta las sandías (su caso) esta vida es una verdadera porquería. De ser así, en el primer encuentro con alguien que puede venir a llenar el cuadrito de "pareja", tendrías que preguntar: "¿Berenjenas o sandías?".

La respuesta, como ves, es de vital importancia. De ahora en más, si en la primera salida romántica un chico no me quiere contestar "¿berenjenas o sandías?" me voy a levantar y me voy a ir, porque significa que ese tipo todavía no está preparado para la maravillosa aventura de la convivencia.

No.

No debe haber sido eso.

Entonces, ¿qué? ¿Las películas de terror?

Yo no soporto la visión siquiera de *Abbott y Costello contra los fantasmas*, porque como soy muy sensible, a la noche sueño con mostros y me despierto todo transpirado. Nico muere por cualquier cosa que largue sangre, que chorree viscosidades, esas garras uñudas y peludas que abren la puerta, ñiiiiic... y vos ves a la chica que corre por toda la casa buscando algo para defenderse y lo único que encuentra es un velador de pie, y se cree la pobre ingenua que con eso le va a hacer algo al mostro. El mostro siempre gana, porque aun en las películas en las que lo matan, al final, cuando te parece que ya está, que bueno, que agarrá el saquito que nos vamos todos a casa lo más panchos, te sale la garra uñuda y peluda desde abajo de la tierra.

Bueno.

Una vez, Nico me dijo que no podía ser que fuese tan infantil. Que era hora de que viese una película de terror. Que no era tan embromado. Se fijó en la revista del cable y encontró que daban una de esas de Freddy, con el de *Invasión V.* Tanto insistió Nico que la viera, que pasásemos ese trance juntos (suena lindo eso de "que pasásemos ese trance juntos", suena... épico) que acepté, pero claro puse mis condiciones:

—Bueno, pero no la vemos a la noche cuando la pasen

en el cable. La grabamos y la vemos el sábado a la hora de la siesta. Si hay sol. Con las ventanas abiertas. Y la radio bajita, así puedo distraerme. Y me siento atrás tuyo así me tapo cuando aparezca el mostro.

Fue así.

Él se moría de risa en los momentos más terribles.

Yo no entiendo, te juro que no entiendo, cuál es la gracia de un tipo horrible que se hace la manicura con un afilador, viene y te despachurra en medio de la noche cuando vos sólo querés dormir el sueño reparador al que todo trabajador occidental tiene derecho. (Digo "trabajador occidental" porque de los orientales sé poco y como no me gusta hablar de lo que no sé, mejor no me meto.) Yo estaba sentado atrás de Nico y lo abrazaba. En los momentos en que se venía el mostro me escondía en su nuca y le daba mordiditas y pellizquitos en la panza. Bueno, panza. Panza no tuvo nunca. Nico era o es —o como se diga— flaco y alto. Lindo como... no, iba a decir Ethan Hawke, el actor, pero Nico es (o etc.) más lindo.

Hay dos cosas que me matan en cualquier chico. Una es la frente amplia. La otra es un cuello largo. Cuando lo vi, la primera vez te estoy diciendo, la primera vez que lo vi quedé absolutamente anonadado, como les pasa a los dibujitos. O mejor, como le pasaba a Isidoro Cañones. Estaba como para un "¡plop!" que es el ruido que hacía Isidoro cuando se caía de espaldas. Y encima, me habían anticipado que iba a aparecer. Las cartas me lo habían dicho. El tarot marsellés.

—Sí, hombres hay, Osvaldo —me decía habitualmente mi amiga Florencia, que cada dos o tres meses me hacía el service astrológico a través de sus cartas—, es más, te envidio, hijo de puta, hay muchísimos tipos. Jóvenes, casados, lindos, más o menos, algunos interesantes, otros no, todos cachondos. Te sale "El Loco Invertido".

—Basta, Florencia. No quiero muchísimos tipos. Estoy cansado de ser "El Loco Invertido", las transas esas que a las tres de la mañana después del baño, tengo que decirles "bueno, flaco, te vas que me gusta dormir cruzado, ¿viste?", o "no, mirá, no te podés quedar a dormir porque ahora a la madrugada va a caer mi abuela que viene de Rafaela". Yo me quiero enamorar, ya tengo 26 años y el pescado lo tengo abombado... es hora de que... Estoy cansado de los tipos que pasan así como así. Yo quiero algo especial.

—Puto está bien, pero maricón es demasiado. ¡Dejate de joder! ¡Cogé!, ¿querés? Cogé que cogiendo se conoce gente. ¡No ves que Dios le da pan a quien no tiene dientes!

—En todo caso, querida, no es que me lo da. Me lo gano con el sudor de...

—Sí, está bien, no sigás.

—¡Dale, Flor! ¡Decime otra cosa! Decime que me voy a enamorar, que voy a vivir una pasión abrasadora, que vamos a salir al balcón en las noches de verano a escuchar canciones de Sandra Mihanovich, que vamos a tener pescaditos de colores y me va a regalar ositos de peluche y le voy a dibujar Snoopys con corazoncitos.

—Si el amor te va a poner así de pelotudo, mejor que no aparezca nadie.

Y todo seguía igual hasta la tarde de julio en que durante la tirada habitual, un brillito en los ojos de Florencia me anunció lo que estaba esperando.

—Es un caballero. Joven. Muy lindo es, hijo de puta. Mirá, acá te sale la carta del matrimonio. Como matrimonio no vas a poder, porque por lo que sé las leyes no te lo van a permitir, qué querés que te diga... da como de entendimiento total en todos los frentes. Van a coincidir en todo. Sexo, intelectualmente, espíritu... Osvaldo, si soy la bruja que creo que soy, vos te casás antes de que termine el mes.

Y entonces apareció Fernando.

2. Cenando con un nazi

Es que las cartas me habían sugestionado.
Yo ya estaba convencido de que el primer joven lindo que apareciese era para mí. Me lo había dicho Florencia, y Florencia tendrá defectos como todo el mundo, claro, que a veces la querés matar sin dar ningún tipo de explicación de lo convencido que estás de que se lo merece; eso no impide que yo la quiera, pero hay algo en lo que tengo que ser absolutamente sincero. Con las cartas no se equivocó jamás. La mina, lo que te dice, se cumple.

Fue raro cómo empezó su relación con lo esotérico, porque ella en realidad no se dedica a eso, simplemente una vez fue a lo de una señora a que le tirara las cartas. Mucho no creía en eso pero andaba en un período especialmente malo Flor, que es cuando te empezás a agarrar de las cartas, las velas, los triguitos de San Cayetano, el loteriva, los verdes ensolves, las milanesas de soja y cualquier otra salida mágica. La señora le dijo a Florencia que era muy perceptiva y que si se ponía a estudiar iba a llegar muy lejos, porque le salió una buena carta de las cosas ocultas o algo así.

Así fue que Florencia empezó a estudiar, con esa señora, y así fue como me anunció la llegada del amor de mi vida.

El problema de las cartas es que no te dan nombre, teléfono o dirección. En eso el juego de la copa es más completo porque tiene números y eso. Claro que te imaginarás que yo a eso no juego ni borracho. Me contaron que después en una de esas, te queda el espíritu en tu casa y andá a saber qué tipo de espíritu te puede quedar.

¿Y si es de un hinchapelotas que te asusta de noche? No, no.

Yo jugué una sola vez y no en mi casa y después rompimos la copa. Y jugué porque Nico lo propuso en casa de Florencia. Y aunque estaba muerto de miedo casi ni lo demostré, excepto por el hecho de que salí corriendo a vomitar cuando la copa se paró frente a mí, porque el espíritu quería sólo hablar conmigo para ajustar cuentas con mis vidas pasadas, porque parece que yo le había jodido la vida al tipo allá por el 1700. Apenas me puedo hacer cargo de lo que hice mal en los seis años con Nico, y este me pasaba facturas de trescientos años atrás.

Bueno, pero como las cartas no tienen nombre ni teléfono ni dirección, saliendo de la casa de Florencia después de la tirada del anuncio, lo conocí a Fernando y pensé que él era el elegido.

"¿Cómo pudiste confundirte tanto?", me dijo Nicolás al mes cuando le conté. Claro, en aquel momento era fácil decirlo. Ahora me pregunto, ¿cuándo me confundí? Eh, Nico. ¿Cuándo? ¡Ja! ¿Viste que uno es dueño de sus silencios y esclavo de sus palabras?

Fue así.

El ascensor me dio paso... ah, no te dije. No es que sea loco ni nada por el estilo. Tampoco es que esté arteriosclerótico. Simplemente, desde hace muchos años (y ya tengo 33, la edad en que a Cristo lo clavaron, o sea que no pierdo las esperanzas) confundo la palabra "semáforo" con la palabra "ascensor". Y las uso indistintamente. Ojo, no me pasa con otras palabras y no es que confunda el concepto. Sé que un ascensor es una caja que te sube o te baja de acuerdo (generalmente) con tu voluntad y un semáforo es un palo con tres luces que impide (generalmente) que la gente ande chocando por ahí en cada esquina.

Vamos.

El semáforo me dio paso a mí, un simple peatón. Y yo iba cruzando la esquina céntrica de Córdoba y España en Rosario, que es donde transcurre la primera parte de esta historia, cuando vi que se me venía encima una bicicleta como las de competición (no me pidas más detalles; de verdad que no conozco mucho de bicis, pero era una de esas como para ir incómodo, así que supongo que para pasear no era) con un joven lindo arriba. Visto a los tres días, yo ya sabía que no era lindo. Es más, era más bien tirando a feote, el pobre. Unas orejas muy grandes, ojeras como para hacer dulce, una nariz como para parar un tren. Petisito y como cuadrado. Pero bueno, la situación, el ascensor a favor, el frío de la tardecita de julio, la predisposición de las cartas.

Yo me dije "es este".

Más todavía cuando, los dos en el suelo, rodeados por automovilistas con sus respectivos autos que no paraban de tocarnos bocina, nos largamos a reír, echándonos mutuamente la culpa. Pero no que él dijera que la culpa era mía y yo dijera que la culpa era de él.

No.

Cada uno quería hacerse culpable del minichoque.

Pasó lo que tenía que pasar.

A la media hora estábamos en casa, enredados como descosidos. (Bueno, ¿qué tiene que ver estar "descosidos" con estar "enredados"? En todo caso, espero que la imagen sea lo suficientemente clara como para que te des idea de que estábamos curtiendo a pata revoleada lo que tampoco es muy literal, porque ¿alguien curtió alguna vez revoleando las patas? Seguramente, un incordio.)

Debo decir que Fernando tenía algunas virtudes que cada tanto, en las noches claras de plenilunio, puedo recordar con nostalgia y alegría.

Pero nada más.

Claro que yo estaba tan sugestionado por la tirada de Flor que hice lo imposible por caer la mar de simpático.

Y lo logré.

Uno sabe que cuando se lo propone, lo consigue.

Bueno, no siempre, es cierto, pero esa vez yo estaba que muy decidido. ¿Viste esos pequeños detalles como ponerle la almohada debajo de la cabeza, o preguntarle si prefería los Prime rojos (los rugosos) o los grises (que de tan finitos ni se notan), o preguntarle el nombre, o qué música quería escuchar, o saltar de la cama para hacerle un nescuí, o bajar a la calle a comprarle churros, o decirle si se quería llevar algún libro cualquiera que después en todo caso me lo devolvía, o decirle, simplemente, "te quiero"? Bueno, hice todo eso y Fernando cayó rendido a mis pies. No es que se haya enamorado a la media hora de conocerme.

Quedó absolutamente prendado.

Quedó abatido.

Lo dejé muerto, bah.

Yo intenté enamorarme. Puse la mejor voluntad. Me quise convencer. Lo miraba y me decía "tan cuadrado no es, después de todo" o "bueno, en todo caso esa nariz es bastante original", "el hombre cuanto más feo más hermoso". Lo intenté, juro que lo intenté. No me enamoré pero hice como que sí, porque las cartas no se equivocan.

Algo me decía que quizás no fuera Fernando el caballero joven del matrimonio que había aparecido en las cartas de Florencia.

No sé.

Yo no me lo había imaginado así. Es que para empezar, tenía 23 años. Y yo creí que se trataba de alguien joven. No tanto como para ir preso, pero sí un poquito más joven. Además, como ya dije, no era lindo. Y yo estaba convencido de que el amor de mi vida era lindo. Ojo, no porque yo lo fuese especialmente.

Ya está, te lo digo ahora, no soy especialmente lindo.

Soy —ya era en aquella época en que el ascensor me dio paso y literalmente Fernando entró en mi vida— rellenito (rellenito es un metro sesenta y ocho y un poquito más de setenta y cinco kilos sin un solo músculo respetable a lo largo y a lo ancho, porque para mí un gimnasio es un castigo medieval que no puedo sobrellevar) y canoso (pero canoso fui siempre, es una cosa que me viene de familia). Además, lo peor es el cuello. Odio mi cuello: una papada absolutamente desagradable que empezó a aparecer para mi desesperación cerca de los trece y siguió ahí, la muy torpe, creciendo alegremente como si no dependiese de mí, como si quisiese tener vida propia, como si un día decidiese decirme: "¡Ey, Osvaldo, soy tu papada, ¿querés que salgamos de joda esta noche?". Casi que llevo la cabeza pegada al cuerpo. Y cuando estiro el cuello para que parezca un poquito más largo parezco Charles Manson con tortícolis.

Y tengo las piernas cortas.

Y no fui especialmente bendecido cuando el Santo Padre se ocupó de mis partes. No, "chizito" es falta de respeto, pero... dejalo ahí. Lo de "no fui especialmente bendecido cuando el Santo Padre se ocupó de mis partes" es suficientemente revelador y mucho más de lo que casi cualquiera diría de sí mismo. (Más información, se ruega comunicarse personalmente.)

Pero ojo, mi apariencia exterior tampoco es así, desagradable.

Digamos que paso como "gordito simpático". Sí, si no fuera una expresión tan de mierda diría que sí, "gordito simpático". Además, como no se me nota nada, tengo voz gruesa, pelitos en el pecho y una saludable apariencia re-varonil, no me ha ido nada mal.

Y encima, dame dos minutos para hablarte y ¡plop! Es que tengo onda, qué va'cer.

Soy simpático.

No, no me cuesta reconocerlo, porque soy bastante objetivo conmigo mismo. Sí, estoy excedido de peso según los parámetros actuales –¿a qué negarlo?–, pero soy simpático. Y eso es una gran virtud rodeados como estamos de caras de culo que solo pueden reírse con la tele. Aunque por las actuales circunstancias no pare de llorar de día y de noche, pero eso es una situación de momento.

De momento me lleva año y medio pero supongo que alguna vez se me irá a pasar.

¿Por qué estaba convencido de que teniendo lo que tenía para ofrecer al mercado gay de la ciudad lo que se me iba a dar a cambio era una belleza?

Por pura justicia.

Soy un defensor ferviente de los más altos valores estéticos. Me gustan las cosas lindas, o sea. Y entonces sería un contrasentido que el amor de mi vida fuese Fernando, un prototipo claro de las figuritas Basuritas.

El primer llamado de atención con respecto a mi equivocación sobre el caballero joven de las cartas –que parece, me enteré después, a todo el mundo le resultaba evidente– me lo dio mi amigo Roberto.

–Che, disculpame, no, pero, ¿no es un poco aparato Fernando? –me dijo, después de bajarnos unos porrones de cerveza en el bar de enfrente de la facultad de Medicina, donde él estudiaba.

Roberto es para mí un oráculo heterosexual. Somos amigos hace muchísimos años, desde que íbamos juntos a la primaria. Él fue el primero en saber que me gustaban los tipos, justamente cuando le dije que estaba enamoradísimo de él. Que nos escapáramos juntos de la colonia de vacaciones, le pedí. Me miró esa vez, creo que andábamos por los diez años, y con su mayor poder de comprensión me dijo: "Sos puto".

"Sos puto."

Pero mirá vos si es cosa para decirle a un amigo de toda la vida. Más aún cuando vos, efectivamente, sos puto y resulta que todavía no lo sabés. Bueno, yo me enteré así.

Me enteré porque mi amigo Roberto me lo dijo, en una tardecita en la que habíamos juntado ramitas para asar papas y habíamos andado a caballo y habíamos jugado a la pelota y nos habíamos bañado en el río Carcarañá.

Yo no sabía cómo se respondía a la frase "sos puto". Además, porque no me lo dijo como me lo dirían algunos otros después a lo largo de los años, así onda "puto de mierda" o su variante más común: "¿Qué mirás, puto de mierda?". (Porque hay gente estúpida, dejame de joder, ¿no es recontra claro lo que estás mirando, cuando te dicen eso?)

No, me lo dijo como un diagnóstico.

Un certero diagnóstico.

Creo que Roberto va a ser un gran médico. A él no le molestaba que fuera puto, solo que él no lo era. Y entonces se frustró mi primer romance el mismo día en que podría haber empezado. Desde ese momento fuimos amigos inseparables y cuando voy a hacer algo pienso qué diría él y él lo mismo y todo eso. Mi mejor amigo es heterosexual. No sé por qué en las revistas femeninas nunca tratan el tema: "El hombre y el hombre, ¿pueden ser amigos?".

Mis amigos gays envidian mi amistad heterosexual.

Y sé que todos, absolutamente todos, creen que alguna vez me acosté con Roberto. A mí me encanta que lo piensen, por eso no lo desmiento. Y Roberto asegura que muchos amigos suyos también lo creen y tampoco hace nada por desmentirlo. En todo caso, tuve activa participación en la búsqueda, el encuentro, la persecución y la obtención del "sí" por parte de quien en el futuro sería su esposa y madre de sus hasta ahora dos hijos, Cecilia. Y Cecilia es también mi amiga. Y Roberto tuvo activa participación en la búsqueda, el encuentro, la persecución, la obtención del "sí" y el desmoronamiento provocado por el "chau" de parte de quien en el futuro sería mi... Nico, bah.

Roberto es el hombre de mi vida, más todavía que Nico, porque va a permanecer aun cuando Nico desaparezca para siempre... ¿qué estoy diciendo? Si es tan claro que lo de Nicolás es una cuestión momentánea, un pequeño problema que le vino, algo que comió, una cosita de nada. Que le lleve ya casi dos años, y bueno, las crisis son así, pero va a volver.

Va a volver porque a mí me lo dijeron las cartas, porque es magia, porque me di cuenta apenas lo vi (la equivocación con Fernando, claro, fue un pequeño contratiempo nada más) y porque yo no voy a saber vivir si él no aparece de una vez y me dice: "Sí, Osvaldo, tenés razón, volvamos".

Es cierto, está tardando un poco el imbécil.

Pero yo tengo tanto tiempo para esperar que mucho no me importa.

Aunque no entiendo bien por qué estamos desperdiciando tantos meses que podríamos haber pasado juntos. En fin, que Nico va a volver es clarísimo.

Nunca lo dudé.

Él sí, pero, ¿qué puedo hacer?

Y Fernando —sí, Roberto— era un poco aparato.

Ojo, me lo dijo bien Roberto, como siempre dice todas las cosas. Bien. Es muy inteligente Roberto. Y muy perceptivo. La primera noche que pasamos juntos con Fernando fue la noche del día en que chocamos. Y algo empezó a funcionar mal ahí mismo. Es que a las dos de la mañana (recordá que era julio) se levantó para ver en la tele por cable la señal esa que te descansa. ¿No la viste? Una con agua que va y viene y el sol y los árboles y una música como de mar electrónico. Parece que mirás eso y te energizás o entrás en alfa. Fernando me decía que era mejor que un porro. Lo único si se fumaba la tele, porque yo no entraba en alfa ni a los empujones. Es que me ponía re-nervioso ver la pantalla en donde no pasaba absolutamente nada durante cinco, diez, quince minutos, mientras veías un río al atardecer. Y al rato un pato, una gallareta o algo así salía volando de entre unos yuyos y listo. Esa era toda la acción. Y la musiquita "túuuuuuuuuuu, túuuuuuuuuuu, cuínnnnnnnn, cuínnnn". Como si fuera fácil, encima me viene a tocar un puto new age. Fernando se sentó en el piso y con los ojos clavados en la pantalla empezó a hacerse sonar el cuello, los brazos, los dedos. Yo, que estaba muerto de sueño, lo miraba desde la puerta del dormitorio y no lo podía creer.

¿Eso era el amor de mi vida?

¿Un tipo que no dejaba de crujir mientras miraba un pato levantar vuelo?

Esas cartas, obvio, venían falladas.

El maravilloso amor con Fernando duró tres días más.

Uno de esos días fue un sábado en el que salimos a correr por el Parque Urquiza (¡las cosas que he hecho por creerle a las cartas, Flor y la puta que te parió!) y yo a los quince minutos tiré los bofes y vacié la cantimplora de Fernando sobre mi cabeza y creyendo que tenía agua, desconociendo que Fernando, que estaba convencido de que era un deportista, la llenaba siempre de Gatorade. Tuve que hacer las treinta cuadras hasta casa con ese enchastre cítrico que me pegoteaba el pelo, los dedos, hasta los párpados. Él moría de risa y prometió hacer no sé qué cosas con la lengua que no le dejé porque bastante asco me daba andar por ahí como un helado vivo de naranja de diez mil pesos. Bueno, que me bañé y le dije que Roberto y Cecilia nos habían invitado a cenar.

Él estaba contentísimo de ir a cenar con mis amigos heterosexuales. Era algo así como entrar en la familia.

Los chicos todavía no estaban casados, nos encontramos en La Estancia, la parrilla de Pellegrini y Paraguay.

Enseguida noté que la cosa no iba a funcionar. Y también lo notaron Fernando, Cecilia y Roberto.

No coincidieron en nada.

Pero es que todos los sábados anteriores que con Roberto y Cecilia salíamos a cenar, siempre la silla al lado mío quedaba vacía y yo les decía: "Ustedes se hacen muy los progres, quiero ver si cuando yo esté con alguien se van a bancar que salgamos los cuatro". Y Cecilia me dijo: "No entiendo por qué pensás que no nos lo vamos a bancar. No seas prejuicioso. Nosotros no lo somos. Que te gusten los tipos es bastante entendible. A mí también me gustan. Y si sos nuestro amigo, tu novio, o lo que fuere, es bienvenido".

Roberto pensaba igual.

Y también me lo dijo.

Solo que a él no le gustaban los tipos.

Pero todos conocemos la distancia fatal entre los hechos y las palabras.

Fernando no fue bienvenido, entre otras cosas porque de verdad, yo no lo hice ser bienvenido. Todo comenzó mal y como no podía ser de otra manera terminó peor.

Y no es que Fernando no hubiera puesto empeño en caer bien.

Puso mucho.

Muchísimo.

Exageradamente.

Empezó a alabar la heterosexualidad de los chicos. Que esa sí era una buena manera de vivir. Que en realidad a él los homosexuales le molestaban un poco. O mejor, le molestaban bastante. Bah, que no se los bancaba. Terminó el discurso convertido en un mataputo de lo peor y los chicos querían cambiar de tema y nada, él volvía, con la familia, con la tradición, con la patria, con la propiedad.

Era un nazi puto deportista new age. Y petiso.

Mucho para uno solo, la verdad.

Yo ahí me sentía Oscar Wilde frente al jurado y tuve que preguntarle a Fernando si no había sido él el que había estado en la cama la noche anterior cuando había pasado todo lo que había pasado, cosas de las que no voy a hablar acá porque no vienen al caso. Tantas boludeces dijo que de verdad no me hubiera asombrado si me decía que no, que no había sido él.

Y bueno.

Terminó todo con este imbécil gritándonos: "¡Degenerados!" en medio de la parrilla, mientras yo intentaba empujarlo elegantemente hacia la puerta al grito de: "¡Puto de mierda! ¡Andá a cagar! ¡Salí de mi vista!".

Volví a la mesa.

Roberto ya había pedido otra botella de Carcassone y ahí nos quedamos brindando por nuestro primer asado con un nazi. Roberto y Cecilia estuvieron tan bien en su defensa del derecho a la diferencia que solo faltaba que se subieran a la mesa a revolear chinchulines y cantar que tocaban su propio tambor, como Sandra Mihanovich en *Soy lo que soy*.

Esa noche perdí lo que habría sido un romance y me di cuenta que tenía dos amigos de fierro con los que siempre, siempre, iba a poder contar.

Y eso no se paga con nada.

3. Un pulóver azul

Fernando no era el caballero de las cartas, eso estaba claro pero, ¿habrá sido Nicolás?

"Entendimiento total en todos los frentes", me había dicho Florencia aquella tarde de frío: "Sexo, intelectualmente, espíritu".

¿Y si me equivoqué de nuevo?

¿Y si no era?

¿Y si mientras yo me enganchaba con Nico pensando que era el caballero lleno de copas que venía a poner alegría en mi vida, el hombre de mi vida pasaba por al lado, me sonreía y yo ni lo miraba? (Bueno, eso es medio imposible. Soy incapaz de no mirar a un hombre que pasa y me sonríe. En principio miro, después veo.)

Pero bueno, ¿donde estará, entonces, el caballero de las cartas, el del entendimiento total?

De ninguna manera.

El amor de mi vida es Nico y ya está.

Que esté ahora un poquito confundido, que me haya gritado "¡andate!", que haya asegurado que solo le produzco tedio, que me pidiera por favor que no lo llame nunca más, bueno... son circunstancias. Desagradables, por cierto, pero solo circunstancias.

No, claro, no hay dudas, no sé cómo pude dudarlo un segundo.

No va a volver a ocurrir.

El amor de mi vida es Nicolás y acá estoy yo, esperando que él se vuelva a dar cuenta de que... pero, ¿yo seré el amor de la vida de Nico?

Las cartas no dijeron nada al respecto.

Él nunca dejó que Florencia le tirara las cartas.

¿Tan mal estarán las cosas que él puede ser el amor de mi vida y yo no ser el de la suya?

No creo, dicen que Dios es sabio.

Lo que me preocupa es que solo se tomó seis días para hacer todo y es obvio que en algunas cosas puso poca atención.

Encima dicen que el séptimo día descansó.

Así no hay creación que te salga, dejame de joder.

Cuando entró al taller entendí que era él.

Yo estaba asistiendo al taller literario "Dulce Palabra", con una caterva de señoras mayores que pasaban allí el delicioso tiempo que no ocupaban en seguir las clases de bricolage por tevé. No era mucho lo que aprendía pero a mí me servía para obligarme a escribir porque entre las clases del colegio (ah, no dije todavía, soy profesor de Literatura y tengo a mi cargo seis cursos de secundario) y las clases particulares no me hacía tiempo para escribir. Y entonces con Magdalena –la coordinadora del taller– me conseguía ese tiempo. Lo que dijeran mis colegas del taller me tenía sin cuidado (además de que siempre eran elogios, claro). Ah, todavía no sabés de qué signo soy, aunque lo podés ir adivinando. Pero la responsabilidad de tener que entregar un trabajo y que alguien lo leyese (Magdalena, dentro de todo, tenía un buen criterio de lectora) a mí me servía.

Era un 7 de agosto.

Para mayor alegría, el día de mi cumpleaños. (Lo cual me hace del signo de Leo y te aseguro que tengo todas las características. Soy típico leo.) Terminaban las vacaciones de invierno y Magdalena abrió la inscripción para el segundo semestre.

Como se estarán imaginando, por la puerta del living de Magdalena entró Nico.

Yo estaba sentado, contándole a Matilde (una de las asistentes más avispadas) las distintas maneras de leer *Rayuela* (ella estaba horrorizada con la escena de la muerte del nenito), cuando Magdalena fue a atender el timbre. Ya nos había anticipado que teníamos un nuevo compañero pero no había dicho nada más.

Y entonces entró Nicolás. Frente amplia, cuello largo.

O sea, bingo.

Flaquito y alto.

Tan alto.

Tan flaquito.

¡Qué lindo, Dios, qué lindo!

Si este buen señor de barba hizo todo en solo siete días (seis, descontando el de descanso de convenio), a Nico lo había hecho en uno de los primeros.

No más allá del martes.

Miércoles, a lo sumo.

Tanta perfección le había puesto.

Sonrió con unos dientes así de grandes, dientes que me parecieron enormes. El del medio un poco torcido hacia la izquierda. Ojos grandes, también, que escondía detrás de unos anteojos de marco azul. Pelo negro, con algunos rulos que se notaba quería disimular a toda costa. También tenía granos pero ese era un detalle menor. Tenía puestos unos jeans comunes y un pulóver con figuras geométricas negras, que si recorrés nuestros álbumes de fotos (mejor, lo que quedó de ellos después del lamentable reparto, uno de los peores momentos de mi vida que no se lo deseo ni a mi máximo enemigo, "esta foto es tuya, esta es mía, y con esta que es de los dos, ¿qué hacemos?, ¿la partimos al medio?". Y aunque no lo creas, sí, la partimos al medio, solo que como estábamos abrazados a mí me quedó su mano y a él la mía), digo, que si mirás las fotos de nuestra historia verás que yo luzco en más de una oportunidad, porque ese pulóver azul fue para mí el inicio de todo.

Tan fuerte fue su aparición que lo único que pude decir fue:

—¡Qué lindo...

Como todos me miraron porque no se esperaban que el profesor de Literatura elogiase la belleza incompara-

ble de un chico que terminaba de salir de la adolescencia, tenía granos y anteojos y una sonrisa tímida, solo
pude agregar:

—... pulóver!

Y cambió mi vida.

4. ¡Feliz cumpleaños!

Las señoras del taller lo adoptaron inmediatamente como el nieto perfecto.

Pero él me miró y sonrió.

A ver, no sé cómo describir esta situación.

Él y yo ahí por primera vez.

Yo, con la certeza que me habían dado las cartas.

Él, con su fascinación por las letras.

Empecé a hablar.

Si Magdalena hubiese entendido algo de la vida, se habría dado cuenta en el momento. Pero Magdalena no entendía casi nada de la vida, excepto que era una buena lectora. Casi naturalmente dejó que yo copase la charla. Que expusiese mis hechizantes conceptos sobre el poder de comunicación de la palabra escrita, sobre los corazones que derraman tinta, sobre el amor y esas cosas.

Si bien, como ya dije, soy simpático, en general no soy muy extrovertido si tengo público delante. Menos aún si el público es el círculo selecto y senil del taller "Dulce Palabra". Pero esa tarde, ¡ah, esa tarde! Esa tarde hablé, hablé, hice chistes deliciosos, comentarios agudísimos, precisiones certeras sobre la literatura, el mundo y sus alrededores.

Total, que Nico quedó embobado.

Un ¡plop! suyo para compensar mi ¡plop!

Hay demasiadas teorías, mucho piripipí, cientos de poesías y canciones y dimes y diretes sobre la aparición del amor, sus efectos y consecuencias. No veo ninguna razón para que yo no esboce mi propia teoría, mi piripipí propio, mi bolero desesperado, mi dime y mi direte. Para mí, la llegada del amor fue una cosa física que sentí acá, en medio del pecho y una cosa química que sentí en todo el cuerpo. Experimenté algo que se abría a la altura del esófago. Y los brazos quedaron flojitos. Y los ojos húmedos. Y la mandíbula caída. Y las piernas me tiritaban. Y el corazón, mirá vos, el corazón andaba como saltando en un prado florido. Y sí, me había puesto irremediable y exquisitamente cursi.

Pocas cosas más lindas que la grasada a la que te empuja el amor, cuando aparece.

Digo yo, bah.

Al terminar la charla, Adelina (una de las confirmaciones de que en seis días no se puede terminar una creación y quedarse contento de brazos cruzados esperando que te levanten catedrales en todo el mundo, pedirte un sobrenombre de súper héroe tipo "Todopoderoso" y poner cajas de recaudación en la plaza de cada pueblo) fue a la cocina y trajo la torta que había hecho por mi cumpleaños. Un chueco bizcochuelo Exquisita con cobertura de chocolate mal desparramada, que demostraba que la culinaria no era la rama del conocimiento humano en la que Adelina podía destacar. Tampoco lo era la literatura, pero eso lo habíamos comprobado penosamente a lo largo de los últimos cuatro meses.

Le había puesto velas con números. El dos y el seis, pero no del mismo estilo porque no consiguió. El dos era como un patito con pico y todo, el seis —hay que decirlo— era bastante más serio. Cuando soplé el patito de cera y el seis formal, en medio de la algarabía general, pedí en voz baja los tres deseos, a saber:

1. Nico.
2. Nico.
3. Nico.

Y lo miré directo a los ojos.

Él lo notó, porque entre el segundo y el tercer deseo, bajó la vista y no pude ver si estaba colorado porque Adelina había apagado las luces.

Vino entonces el momento de la verdad.

En la puerta del edificio de Magdalena nos despedimos todos. Había mucho viento, ese viento con arenisca que siempre me recibe para mi cumpleaños y tanto me molesta porque no entiendo cómo fueron a elegir para mi nacimiento la peor época, con ese frío, el momento más desangelado del año. Debe ser por eso que los leoninos tenemos este espíritu de liderazgo, este carisma arrollador: sentimos que llegamos al mundo en medio del frío y la ventisca, la helada y todo lo gris. (Válido solo para la gente del hemisferio sur, los del hemisferio norte, se sabe, tienen otros mambos.)

Casi sin darnos cuenta (je) nos fuimos quedando solos con Nico y empezamos a caminar. Su voz era una especie de catedral grave que impactaba por su seriedad. Su sonrisa desmentía cualquier solemnidad. (Disculpá el tono, salía del taller literario "Dulce Palabra", sabrás comprender.)

Los heterosexuales la tienen más fácil en esta circunstancia.

Ellos saben que ellas son mujeres y que –en gran mayoría– gustan de hombres.

Ellas saben que ellos son hombres y que –en gran mayoría– gustan de mujeres.

No corren el riesgo de que los miren con sorpresa diciéndoles "pero... te confundiste", o el más común y simpático "¿qué te creés que soy, puto de mierda?".

Yo de Nico, además de las noticias de las cartas y el acelere de la sangre que estaba sintiendo y la venita de la frente que iba y venía como si jugara al elástico, no sabía casi nada.

O lo que era más importante, no sabía su orientación sexual.

¿Y si era un pibe bien tipo Roberto, que me sale con que todo bien pero que no era su onda?

¿Y si me habla de su novia? (Ya me imaginaba yo una bruja gorda desagradable y olorosa con calzas flúo y sandalias con zoquetes, una mandona insoportable que le iba a hacer la vida un verdadero suplicio.)

¿Y si miraba disimuladamente a las mejores chicas que pasaran por la peatonal metidas en sus pantalones ajustados y sus camperitas de cuero?

¿Y si por error no era puto?

¡¡Basta de amigos comprensivos que no curten!! De esos ya tenía varios y con ellos me alcanzaba. Yo estaba buscando otra cosa. (Verbigracia: las noches del balcón, Snoopys, peluches, etc.)

No miró a una sola chica en las cinco cuadras en que fuimos caminando.

No me habló de su novia.

Tenía 18 años.

Se paró frente a la vidriera de Perfumerías Ivonne y comentó lo caro que estaba el Calvin Klein, aunque tenía un frasco de Jazz que le habían regalado, dijo.

Le gustaban Truman Capote, Madonna y sabía hacer un lemon pie que le salía bien, dijo.

("Si no se come la masita, rasguña el paquete", decía Roberto cuando me quería comentar la supuesta homosexualidad de alguien, pero lo decía sin maldad, vos sabés cómo es Roberto.)

Vivía con sus padres y su hermano mayor.

Estaba en primer año de Ingeniería.

Sabía inglés y "computación", como se decía en la época a los que habían desarrollado conocimientos que sobrepasaban la carrera de los pac-mans, umbral que de no ser superado, te dejaba para siempre en la puerta del siglo que se venía.

Se ponía colorado cuando lo miraba a los ojos y me quedaba callado.

Llegamos a Córdoba y Paraguay. Yo tenía que seguir por Córdoba hasta España. Él tenía que seguir por Paraguay hasta Catamarca.

Le dije si quería tomar un café.

Me dijo que lo esperaban en casa.

Me dio un beso en la mejilla, casi en la comisura de los labios y se fue. Corriendo. Telenovela pura. Me quédé parado en la esquina de la plaza. Me quedé con el beso en la comisura y los ojos húmedos. Y el pecho saltando y el corazón agitado y la venita de la frente como borracha y la mandíbula por el piso y las piernas asegurando que no aguantaban tanto peso.

Me quedé mirando cómo se iba.

Cuando ya supe que no iba a volver respiré hondo y seguí caminando.

Despacito, claro.

Hice una cuadra, llegué a Presidente Roca y no sé por qué, volví caminando hasta Paraguay. Casi alcanzando la esquina, vi que él también volvía sobre sus pasos. Y otra vez estábamos en Paraguay y Córdoba.

Puede ser que no hayas andado por Rosario o que no recuerdes que en esa esquina hay una plaza.

Plaza Pringles.

La Plaza Más Linda Del Mundo.

Al menos, en esa tarde de invierno, con viento y polvillo, con los plátanos altos de ramas secas, las estatuas sin cabeza, los skaters y la fuente vacía, era la plaza más linda del mundo.

—No me esperan en casa, mis viejos no están.

Y entonces sin que importase la gente que volvía rápido a sus casas a ver el tramo local de *Telenoche*, sin que importase el vendedor de superpanchos, el tipo del kiosco de revistas que hacía el paquete de devolución de diarios *La Capital*, Nico me abrazó y me dio un beso en la boca.

¡Ocho de la noche de invierno en una plaza de una ciudad cualquiera!

Yo, a mis veintiséis años recién cumplidos, nunca había hecho una cosa así.

¡En plena calle!

Nos tocó bocina un taxista y gritó algo que debe haber sonado más o menos como "¡putos!", me imagino.

Llegados a este punto, ¿cómo se seguía?

Bueno, en realidad, fue la primera vez que me pasó algo que me iba a seguir pasando a lo largo del tiempo y que todavía ahora me dura. La absoluta ignorancia sobre cómo sigue todo. Ojo, no creo que esté del todo mal. Bah, de verdad, me gusta bastante esa incertidumbre. Después de todo, ¿quién sabe qué le va a pasar de ahora en más? Y si lo supieras, ¿cuál sería la gracia? Sería como el Juego de la Oca en donde ya sabés que si llegás a la casilla 22 tenés que retroceder tres y si llegás a la 25 te quedás sin tirar por dos turnos. Por más que no sepas qué número te va a salir, las posibilidades ya están contadas.

No. Prefiero la sorpresa. O a lo mejor es que soy un inmaduro. En todo caso, igual también quiero que Florencia me tire las cartas. Supongo que es contradictorio.

—Yo no sé qué es esto porque no me pasó antes. No sé si lo estoy haciendo bien o mal. No sé cómo se hace. Solo sé que no podía llegar hasta casa sin hacerlo. Que fue como una cosa que me dio desde adentro, desde el pecho. Como entre física y química —dijo.

¿Notaste? No, pero, ¿notaste bien lo que dijo? Dijo "física y química".

Y eso que todavía no había salido el disco de Joaquín Sabina, ese que se llama *Física y química*.

Hasta el momento nadie en el mundo había hablado del amor como "física y química". Solo que yo lo había sentido ese día, esa tarde en el living de Magdalena y él lo había sentido, caminando por Paraguay, sin poder llegar a Catamarca.

Física y química.

¿Qué tal?

Más clarito...

Lo que precisábamos con urgencia era un lugar para estar solos y tranquilos. Intimidad. La cueva de los Snoopys, eso precisábamos. Por suerte estábamos cerca de casa. No hizo falta invitarlo, empezamos a caminar uno al lado del otro. (Estaba tan enamorado que hasta era capaz de recitar a... perdón, ¡Benedetti!, ¡mirá lo perdido que me encontré de golpe! Lo del codo a codo y eso, que contá conmigo, no hasta dos o tres, ¡de terror!)

Yo lo miraba y me daba por reír.

Pero mucho.

Y él me miraba y bajaba la vista. La pasión abrasadora del beso de la otra cuadra había dejado paso a una especie de mansedumbre expectante. (No sé si era justo una "mansedumbre expectante" pero en el taller "Dulce Palabra" una vez había usado la expresión y fue muy elogiada por mis colegas, aunque nunca pude explicar claramente de qué se trataba.)

Ahora sólo estaba preguntándome si al llegar a casa debía decir algo o debía dejar que las cosas pasaran así, como pasaron con el primer beso.

¡Y no tenía preservativos!

Con Fernando había usado la ultima cajita que tenía, nunca compré de a muchos para no despertar envidia en el kiosco. ¿Le digo que no tengo preservativos? ¿No queda re-mal?

Un incordio.

Si fuera un levante cualquiera ni lo pensaba. Me paraba en el kiosco y compraba. Pero esto era otra cosa. (Snoopys, ¿si?, ositos de peluche y todo el set "el amor es más fuerte".) Bueno, lo mejor será ver qué pasa y si se llega a "ese momento", apelar a la mejor buena voluntad, ponerse rápido los pantalones y bajar al kiosco. En todo caso, él iba a tener que saber entender. Puedo ser muy loquito, sí, pero con eso no se jode. Son tiempos como para cuidarse. Y si él no se cuida, me interesa menos. Mucho menos. Bueno, lo negociamos, tampoco es para ser un militante del forro. Bah, yo era un militante del forro, pero este pibe estaba cambiándome todos los planes. Claro que de ninguna manera le iba a decir yo, en medio de la calle, a media cuadra de casa "¡uy, no tengo forros, pará que voy a comprar!". ¿Y si él pensaba que yo había interpretado mal el beso aquel? ¿Y si quería charlar distendido, tiradote en el balcón, mirando las estrellas, escuchando a The Smiths?

Por primera vez estaba llegando a casa con un chico, hermoso encima, y no estaba pensando en el momento de la cama.

Te juro.

Y él, estaba yo seguro, pensaba lo mismo. Tanto me pareció comprenderlo, tan unido me sentía que podía haber jugado plata a que a él le pasaba lo mismo. Que estaba pensando más en Snoopy que en una cama caliente.

Sí, podía sentirlo.

Telepatía.

Él esperaba una noche tierna y cálida a pesar del frío.

Él quería una charla a fondo en donde nuestras almas se encontrasen y se uniesen por primera vez, yo podía sentirlo.

—¿Tenés forros? —preguntó, al pasar por el kiosco. Como mi cara entera le dijo que no, entró al kiosco y compró. Yo me quedé en la puerta porque me daba un poco de cosa eso de entrar con otro chico a comprar forros en el kiosco de la señora que me vendía todos los días botellas de agua mineral, Marlboro y galletitas Tentación mousse de chocolate. Pero él, sin problemas, cuando la señora le preguntó cuáles quería, me miró y me preguntó:

—¿Cuáles?

Apenas me escuché decir "cualquiera". No sabía que podía hablar con la cara de piedra que me había quedado.

Bueno, la cosa venía así.

Quizás no estuviera mal una desenfrenada noche de pasión, un encuentro ardiente para después, en la mansedumbre del pucho, ver qué coño hacíamos con nuestras almas.

Física y química.

Snoopy y eso.

Sí, sí, no estaba mal.

Es más, yo estaba pensando exactamente lo mismo.

Solo que no me había acordado que no tenía forros.

Nunca me resultó tan largo el viaje en ascensor. Tardamos horas en hacer los siete pisos. Horas que aprovechamos para un beso apasionado, un entrecruzarse de lenguas, brazos, piernas y no sé cómo él ya no tenía puesto el pulóver azul con dibujos geométricos negros y yo perdí mi campera de cuero negra, y antes de llegar al quinto piso buscó el botón de mi pantalón y lo encontró y yo encontré el suyo después de pelear con el cinturón y así, todos desacomodados y rojos, con los pantalones por el piso y las carpetas por el suelo, y sus anteojos andá a saber dónde, intenté abrir la puerta de mi departamento, pero no sé por qué, al apoyarme para poner la llave, la puerta se abrió sola y me caí, semidesnudo.

Y al segundo, Nico cayó sobre mí.

Y todos mis amigos que me habían invadido la casa para una fiesta sorpresa, con globos y bonetes, me gritaron: "¡Feliz cumpleaños!".

Y tuve un feliz cumpleaños.

5. Noticia para la familia

En una semana estábamos viviendo juntos.

Es increíble con la facilidad con que se puede decir esa frase, cómo pierde peso ahora cuando te lo cuento: "En una semana estábamos viviendo juntos". ¡Por favor! Parece que fue que Nico agarró sus cosas y se instaló en casa y estábamos re-contentos y ya está, dame las perdices que hago el guiso.

No fue así.

Nico no agarró cosa alguna porque entre su hermano y sus padres no le dieron tiempo.

Lo echaron.

Literalmente.

Le dijeron cosas como "moriste para nosotros", "prefiero un hijo asesino antes que un hijo puto", "¿cómo nos hiciste esto a nosotros?", "¿cómo le vamos a contar esta vergüenza de la familia a los tíos?" y algunas otras frases que demuestran hasta qué punto la familia es el lugar en el que mejor se te acoge y el bastión que te va a defender en los peores momentos. La célula básica de la sociedad funcionando a pleno.

Desde mi cumpleaños en adelante, Nico pasó a dormir en casa todas las noches. Yo salía tarde del último de los colegios y cerca de las diez de la noche escuchaba los tres toques mágicos del portero eléctrico.

Era nuestra señal.

Entonces subía y bueno... compatibilizábamos las demandas físicas con las cuestiones químicas. Después, la charla en mi colchoncito de una plaza, las expectativas de un futuro que parecía lejano. Y perfecto, como todo lo lejano. Mi departamento era todavía un departamento, no un hogar. No tenía cama. Bueno, no tenía casi nada, excepto la heladera, el televisor en el piso y un equipo de música heredado de un tío. Ojo, era principios de los 90, cuando hablo de "equipo de música" estoy hablando de discos de vinilo, no sé si llegaste a verlos. Esas cosas redondas, negras, en las que la primera canción siempre estaba rayada. Y muchos libros, revistas, diarios, discos y cassettes por todas partes. Y las cajas vacías de pizza que servían como platos. Platos de pizza, claro, menú fijo de todos los días, excepto las noches de empanadas.

Hasta ese momento ni el orden ni el confort, y mucho menos el lujo o el buen gusto, habían entrado en casa. Mi departamento, simplemente, era un lugar tan bueno como cualquier otro para vivir. Con decirte que la lamparita colgaba, solitaria, potente y blanca, del medio del techo, y no me entristecía.

Y además, vivir era una cosa que yo hacía sin darme mucha cuenta porque no estaba enamorado.

Fueron noches de mucho viento y los marcos del ventanal del dormitorio hacían ruido, así que les pusimos unos papeles de diario para acolchar el alboroto. Cerca de las seis de la mañana, Nico, casi sin que yo me despertase, se levantaba, se vestía, bajaba con mi llave, abría la puerta del edificio, la dejaba abierta, subía otra vez, me dejaba la llave en el living y volvía a bajar y se iba.

Al principio sus padres no notaron que estaba llegando tan tarde.

Pero un día don Julián, su papá, dejó la llave puesta con media vuelta en su departamento. Eran las siete de la mañana y Nico no tuvo otra posibilidad que tocar el timbre para que lo dejaran entrar. Inventó una mentirita y pasó. Al día siguiente, otra vez. Al tercer día le dijeron que no entraba más a esa hora.

Nico, sin preocuparse demasiado, fue a bañarse con tan mala suerte que doña Ángela, su madre, que lo seguía por todo el departamento llenándolo de reproches, estaba ahí cuando se sacó la camisa y notó en su espalda tres manchas violetas. Había sido una noche de aquellas, comprenderás. Fastidiado por el acoso, Nico no tuvo mejor idea que contar toda la verdad.

—¡Y no le echen la culpa a Osvaldo, que por supuesto que no fue el primero! —les gritó despertando a Manu, el hermano, un osote de 27 años que sí fue el primero en querer pegarle. Apenas me lo contó yo ya estaba pensando "¿cómo que no soy el primero?", pero como estábamos llorando los dos y todo era muy reciente, me pareció que no daba para el reproche.

Después, nunca se lo pregunté.

Ese es un tema que ha quedado pendiente.

¿Cómo que no fui el primero?

Tenía 18 años, el muy puto.

¡Y andá a saber en qué carajo de historias habrá estado metido!

Ahora que lo pienso, no sé si hizo tan bien doña Ángela cuando impidió que Manu le metiese un derechazo en el hígado. Ahora yo también se lo metería.

No, mentira.

Yo no le pegaría a Nico.

Al menos, no un derechazo en el hígado.

No manejo bien la derecha.

Faltaba poco para las nueve de la mañana todavía cuando sonaron los tres timbres en casa. Me sorprendí. Yo estaba ya saliendo para dar clases cuando Nico subió con los ojos rojizos y una remerita, pese al frío.

—No puedo volver más. Me quedé sin familia. Solo te tengo a vos... —me dijo llorando mientras me abrazaba como nunca nadie me había abrazado antes, como nunca nadie me abrazaría después.

Y sí, sentí que estábamos solos en el mundo, pero el compromiso no me parecía tan pesado. Sospeché que Snoopy venía de camping a casa.

Llamé a los colegios para decir que no iría. Le hice un té, le di un buzo y lloramos juntos un rato, sentados en el suelo, viendo el día desde el ventanal del living por donde entraba un solcito tibio y los ruidos sucios de la ciudad.

Ahí comencé a pensar que tal como venían las cosas,

yo, aunque obsesionado por las cartas de Florencia, no tenía demasiado claro que quisiera vivir con Nico, así, de golpe. Sí, Snoopys y eso está bien, pero, ¿estábamos hablando de convivencia?

Es que hacía ya unos cuantos años que vivía solo y me estaba poniendo un poco mañoso. De golpe creí intuir que los canales de la tele iban a cambiar sin que yo tuviera el control remoto en mis manos, y temí que me apareciera en el equipo un disco de Phil Collins, o no encontrar el diario del día en su lugar, al lado del inodoro.

Mi departamento no estaba preparado para la presencia de otro habitante.

Nico no estaba preparado.

Yo no estaba preparado.

Pero ahí estábamos, con la familia de él hecha una furia porque el hijo no iba a darles nietos, con Nico echado "con lo puesto" (pantalón, borceguíes, anteojos de marco azul, remerita porque no le dejaron ni agarrar la camisa) y yo haciéndome responsable de tres manchas violáceas en su espalda.

Y encima, no había sido el primero.

Yo quería amor, claro, y los pescaditos de colores y los ositos de peluche, pero una cosa es Snoopy de campamento por un fin de semana y otra muy distinta dos cepillos de dientes, un despertador que no suena para vos y tener que negociar pizza o empanada cada noche. No sé si quería que me ocuparan el baño o que alguien comiera el dulce de sandía que mi tía del campo me mandaba cada tanto. (Todavía no sabía de los exóticos gustos de Nico y su rara aversión por la fruta más grande del mundo.)

Yo no sabía si quería ver luz desde la calle cuando miraba hacia mi departamento, o resignar la novela brasilera que seguía por la tele, o compartir un colchoncito así de chiquito.

O no poder salir de levante una noche de estas.

Yo no sé si quería.

En una semana estábamos viviendo juntos.

Y, sí, seguro, claro, lo habíamos decidido entre los dos.

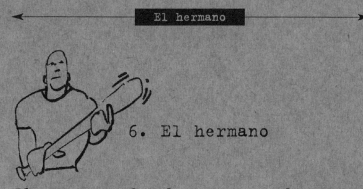

6. El hermano

Claro que su familia no se quedó en una viudez alegre del tipo "el nene se anotó en la Legión Extranjera", "Nicolás se fue en viaje de negocios", o cosas así. Parece que había que dar explicaciones a amigos, vecinos, familiares.

Lo que don Julián, doña Ángela y Manu no sabían era que amigos, vecinos y familiares ya estaban enteradísimos.

Porque los padres de los gays parecen maridos engañados.

Hacen tantos esfuerzos los pobres por negar lo evidente, que son los últimos en enterarse, aunque lo pudieron haber intuido desde siempre. Y en el barrio todos la tienen re-clara. Y es un tema de conversación que se da por sabido.

—No, lo que pasa es que Nico es muy pícaro, por eso no tiene novia. Es joven. Acá siempre lo llaman las chicas. —Se convencía doña Ángela, y a Nico lo llamaban las amigas para que les contara los últimos chismes del colegio, para ver si las ayudaba en una historia con el chico que les gustaba o cosas así.

O sea, de coger ni hablar.

Excepto la petisita que lo emborrachó en Grisú en Bariloche y no consiguió ni esto de erección, no había habido mujeres en la vida de Nico. Y la petisa tuvo que conformarse con tres besos con gusto a vodka antes del monumental vómito, toda una declaración de principios.

La familia estaba decidida a encontrar a un culpable.

Ellos no habían criado un chico degenerado.

El degenerado era yo.

Y eso vino a decirme Manu una tarde, dos semanas después del distracto. Nico no estaba, había ido a ver si encontraba algún trabajo de lo que fuere, que es lo que se busca en esas circunstancias.

—¿Osvaldo? —preguntó un vozarrón en el portero. Para qué voy a negarlo, cuando subió, todo grandote y bastante lindo, algo me excitó.

Además, ¿viste cómo son los hermanos de las personas que uno ama? Medio como caricaturas de esas personas. Vos ves en ellos los mismos rasgos que te enamoran pero un poco corridos de lugar, un poco mal puestos, un poco como error.

Pero claro, tuve que admitir que él no venía en plan ligue ni mucho menos.

Él venía a pegarme porque yo era el degenerado que "se culió a mi hermano". La frase era de él y yo no pude desmentirla, debo reconocer.

A cierta edad —y los 26 eran "cierta edad"— uno ya tiene claro, si es puto, que el infierno es la mirada de los otros. Que si tuvieras una oportunidad de explicar tu vida, las cosas quizás serían distintas, pero son pocos los que te dan esa oportunidad.

Y entonces ya no te importa.

Todo lo que aprendí desde que nací, las canciones que escuché, los libros que leí, las películas que vi, las historias que me contaron, los juegos que jugué, mi familia, mi escuela, la Iglesia, todos, absolutamente todos, me hablaron de lo maravilloso del amor heterosexual.

El germen de la vida y eso.

Y todos, absolutamente todos, me dijeron que ser puto era casi lo peor que me podía pasar; algo como de noticia policial o para decir por lo bajo. Algunos porque "les da asco". Otros, con la compasiva excusa de que "la vas a pasar mal". (A lo Sor Juana, "hombres necios que acusáis".) O porque es "antinatural" dicen los ecologistas del sexo, olvidándose de todos los animalitos trolos que pueblan la naturaleza.

Otros, porque no entienden.

Imaginate que yo tenía que cambiar lo que sentía, lo que me nacía no sabía ni me importaba de dónde, porque los otros "no entendían".

Lo único que se me ocurría decir es "problema tuyo".

Por un lado, todo lo que aprendiste, lo que escuchaste, lo que viste.

Por otro, que las mujeres te provocan mayor o menor respeto, alegría, admiración, bronca, etc., etc.

Pero de sexo, nada.

Y nada de elección o eso.

Yo no elegí nada. A mí me pasó esto.

Acá estoy.

Me llamo Osvaldo, me gustan las revistas de historietas pero no las cultas, yo digo las bizarras tipo *El Tony* y las sandías y los discos de Caetano y la tele y la literatura en todas sus formas, y los hombres, también. Las berenjenas no.

No pido tolerancia porque me parece una boludez.

¿Alguien me pidió tolerancia para ver cómo un chico lindo besa —¡ajj!— a una chica en la calle y le hace mimos como si fuera otro chico? La tolerancia es el prejuicio pero más light. Pedir tolerancia es aceptar que algo estás haciendo mal. Y yo no estoy haciéndole nada malo a nadie porque tu hermano quiso. Mi conducta, Manu, no es antisocial. Nadie se hace puto por contagio, querido. ¿O vos no dormiste los últimos 18 años de tu vida en el dormitorio de un puto? ¿Y? ¿Te la comés? Imaginate que no fueras mayoría, imaginate que nosotros fuéramos mayoría. Y que no te dejásemos besar a tu novia por la calle ni en ningún lado. Que no les podés contar a tus viejos que te enamoraste y te sentís en el mejor de los mundos. Que no podés llevar a tu pareja a fiestas, ni a encuentros, ni siquiera a velorios. Que te obligásemos a que te avergüencen tus mejores sentimientos.

Imaginate por un segundo que te obligásemos a besar hombres y que todos a tu alrededor comentasen lo fuerte que están los Pumitas o los pibes de la selección. Y que vos tuvieras que participar de la conversación para que no te carguen.

Manu, sin embargo, fue una piedra.

No hubo razonamiento ni lógica que quisiera seguir.

Vamos, lo que quería era pegarme.

Y yo estuve dispuesto para la pelea. No es que corra sangre Tyson por mis venas pero no soy el típico gay que se haya llevado educación física en el colegio. Y si bien el gimnasio no es mi reino, sé poner un buen directo a las mandíbulas. Y en seguida, otro en el estómago. Mi cuñado se sorprendió, es cierto, pero fue rápido para devolverlo. Sin embargo, la patada en los huevos (que por mí hubiese sido mucho más dulce y sensual, pero a mí si no me habilitan, nada) lo dejó en el piso sin más ganas de hacerse el reivindicador de la virginidad fraterna.

Al grito de "¡me las vas a pagar, puto de mierda!" se levantó, me escupió y se fue.

Yo no creo mucho en la violencia pero a veces —ojo, solo a veces— no viene nada mal.

El problema es saber cuándo.

7. El padre

En el segundo intento por llevarse otra vez la oveja descarriada, la familia tuvo mejor suerte. Fue una semana después y Nico ya había vuelto a algunas clases de la facultad. Tuvo que hacer una denuncia trucha de que le habían robado los documentos y la libreta universitaria, pero pudo volver a cursar.

Yo estaba dando clases a alumnos de quinto año de un colegio privado, cuyo nombre me reservo por las dudas. Solo puedo decir que es en Rosario, en un boulevard, y que es bilingüe. Bueno, que ahí estaba yo con los chicos de quinto segunda analizando *El Cid Campeador*.

Si hay una parte del programa que odio es tener que enseñar *El Cid Campeador*. Me muero por hacerlo interesante, pero los pibes jamás vuelven a agarrar un libro si creen que todos son tan difíciles de leer como *El Cid Campeador*. Pero bueno, estaba en esa parte del programa cuando Eduardo, uno de los celadores, me avisa que un señor me estaba esperando. Le pregunté el nombre y cuando escuché el apellido (que no te voy a decir, si vos ya sabés) empecé a temblar.

Supe en el mismo momento que se trataba del padre de Nico.

Con mi mejor cara de profesor le dije a Eduardo que se encargara de la clase (los chicos tenían que escribir su impresión personal sobre el Cid), salí al patio cubierto y lo que vi casi me desmayó.

Era como si a Nico los años lo hubieran hecho mierda de golpe. Tenía la misma cara que me enamoraba pero

47

absolutamente desdibujada, sin el brillo que me ence-
guecía, sin ese fondo mágico y cristalino. Un tipo flaco y
largo al que la vida usó de sparring y nunca tuvo ni siquiera los quince minutos de gloria de una noticia policial.

Al menos hasta ese momento.

Pero parecía estar en su búsqueda.

Y encima, conmigo.

Le tendí la mano pero no me respondió el saludo.

—¿Vos sos Osvaldo? —casi me aseguró.

—Sí, y no sé quién es usted. —Me puse serio, pensé que
me iba a ayudar.

—Sabés muy bien, degenerado. Te digo una sola cosa, si
ahora mismo no me asegurás que la próxima vez que Nicolás vaya a tu casa lo echás y lo hacés volver a su casa,
si no me lo asegurás, entro por esa puerta (señaló la dirección) y cuento todo. Y a ver qué hacés, ¡puto de mierda! (En esta historia, te aviso desde ahora, nadie se privó
de gritarme, al menos una vez, "¡puto de mierda!". ¡Qué
simpático! Es como un hobby que les da. Se sienten mejor una vez que te lo dicen.)

Mirá mi situación. No digo que haya sido desesperan-
te pero tampoco estaba en una cómoda hamaca paraguaya bebiendo un agua de coco debajo de una palmera.
¿Hasta dónde llegaría este hombre? ¿Se animaría? ¿Se
bancaría el escándalo? Porque hacer lo que prometía lo
metía a él también en un escándalo. Porque si había que
salir en los diarios, salíamos todos.

Y encima, yo tenía la espantosa sensación de que era
absolutamente inocente. Si yo no hice nada, ¿qué era lo
que estaba pasando? Yo tenía 26. Nico, 18. Un día nos
encontramos y nos enamoramos. Física, química,
Snoopy. Me sentía Camila O'Gorman, enamorándose de
la persona equivocada.

No sé por qué, te juro que pasaron ya ocho años y no
sé por qué le dije:

—Vamos. Usted no entiende nada. Nico y yo nos queremos y eso es lo único que importa.

—No te hagás el boludo que no estoy jodiendo. —Y le saltaba la venita como jugando al elástico pero mal—. Vos no tenés ni idea de quién es Nicolás. Si estás rodeado de pendejos, cualquiera te da lo mismo, porque a los que son como vos cualquiera les da lo mismo. ¿Por qué jodés la vida de mi hijo, degenerado? Si de acá a un mes no te acordás ni cómo se llama. Yo los conozco muy bien a ustedes.

—¿Sí? ¿Frecuenta el ambiente? —le dije, y no me digás que no estuve muy bien.

—No te cago a trompadas porque no me quiero ensuciar. No digás que no te di una oportunidad —dijo y salió para la dirección.

Entonces vi todo rápido.

Vi que salía la directora y que el padre de Nico le hablaba y que la directora me preguntaba si era cierto y que yo decía que sí y que llegaba la Policía y que me llevaban preso y que los chicos de quinta segunda, con *El Cid Campeador* adelante de todos, me hacían objeto de burlas crueles y que me sentaban en un banquito y al lado mío le disparaban al Padre Ladislao y lo mataban y que cuando iban a hacer fuego sobre mí salí corriendo y le dije a don Julián:

—¡Espere!

Tarde piaste.

La directora abría la puerta en ese mismo momento. Para que te des una idea, como chiste interno en la sala de profesores se la nombraba como "Cruela De Vil".

—¿Señor? —preguntó Cruela.

—¡Nada! —Me metí en el medio—. El señor me estaba buscando a mí. Es un familiar.

—Bueno, por favor, discutan sus problemas en otro lado. Esto es un colegio y estoy trabajando.

—¡Yo tengo algo para decir! —insistía el imbécil de mi futuro ex suegro.

—Sí, sí, pero decímelo a mí, ya arreglamos esto —dije, y Cruela cerró su puerta en nuestras caras.

—¿Lo echás a Nicolás?

—¿Me queda otra alternativa? —pregunté.

—Dame las llaves de tu casa —me ordenó.

—¿Qué? ¿Estás loco?

—Si voy y toco el portero, Nicolás no me va a atender. Y quiero arreglar esto ahora. Dame las llaves, si no me pongo a gritar acá mismo y a vos te revientan.

—No te puedo dar la llave de mi casa, estás loco.

—Sí vas a poder, ¿o te pensás que me voy a robar algo de tu aguantadero podrido?

Dijo "aguantadero podrido" y no se le movió nada en la cara, porque hasta la venita había dejado de jugar al elástico. *Aguantadero podrido.* La cueva de Snoopy, donde había vivido casi un mes de un amor increíble y limpio. El lugar en donde había leído, soñado, discutido un mundo mejor y hasta cambiado un cuerito una vez. Bueno, en realidad comencé a cambiarlo, pero como no tenía las herramientas ni idea de adónde iban a parar tantos caños, terminé llamándolo a don Francisco, el portero, quien por una módica suma me solucionó el problema del cuerito y me cobro un poco más por desembrollar todo lo otro que rompí intentando el arreglo.

Aguantadero podrido.

—¿Y cuándo me devuelve la llave?

—Te la voy a mandar, de eso no tengás ninguna duda.

—Espere, mejor vamos a casa. Esperamos a Nicolás, pero no me haga darle la llave. No puedo darle la llave de mi casa.

Por unos segundos perdió la apariencia de pitecantropus y pareció hacer algo que tuviera que ver con "pensar" o algún otro ejercicio para el que hacía falta que un axón entrase en negociaciones con otro. Pese a mis dudas, estaba capacitado para eso.

—Bueno, pero vamos ahora.

Avisé que me iba por un "problema familiar".

—¿Va caminando? —pregunté.

—Claro —me dijo, mi casa quedaba relativamente cerca—. ¿Por?

—Porque yo estoy en auto.

—¿Tenés auto? —me preguntó ya con menos bronca, me pareció. O al menos con bastante curiosidad.

—Sí —dije y señalé orgulloso mi Taunus 80 bordó, techo vinílico negro—, dele que lo llevo.

Tuve la sensación de pequeña victoria.

Es que yo sabía que don Julián había sido en su relativamente reciente juventud dueño de una empresa de ropa de trabajo que había llegado a abastecer a gran parte de las fábricas del cordón industrial rosarino. Claro que ya nada quedaba de todas las promesas que se había hecho allá por principios de los 70 cuando se casó con doña Ángela y parecía que todo, siempre, iba a ser progreso. Que cada vez tendría más operarios y más stock y más clientes. Yo sabía que su departamentito contrafrente en la calle Catamarca había sido el último botín salvado de una quiebra atroz que les destrozó la vida a él, a su esposa, a sus padres y a los padres de su esposa mucho antes de que su vida terminara. Y que ya no había autos ni viajes a Europa ni escapadas a Buenos Aires, al teatro o a los restorans de la Recoleta. Yo sabía que envidiaba a cualquiera que tuviera un auto.

Y yo tenía mi Taunus 80 bordó, techo vinílico negro.

Por otra parte, si bien todavía no me hallaba con el coco en la hamaca paraguaya y me quedaba pendiente ni más ni menos que la amenaza de no poder ver a Nico nunca más, me parecía que había adelantado un mínimo paso. Estaba llevando a quien yo quería que fuese mi suegro (pese a su rechazo virulento) a casa, a mi casa, en auto, en mi auto. Es cierto que en el viaje no hablamos de nada y que llegamos y tampoco hablamos de nada. (Y tuve que aguantar el ojo clínico del ex pujante empresario viviseccionando cada centímetro del living y la cocina, procurando encontrar seguramente látigos de siete puntas, extensores de pene y material pornográfico. Por suerte el único video porno que tenía se lo había llevado Fernando.)

Le ofrecí mate, café o té. No aceptó nada, como era de esperar.

Supongo que creía que las tazas tenían semen derretido en el borde o algo así.

No se animó a entrar al dormitorio.

Habrá temido encontrar el potro de los tormentos.

Cuando dos horas más tarde, Nico entró despreocupado al grito de "¡Amor, llegué!", se encontró conmigo sentado en el piso repasando mi álbum de figuritas de Alf y a su padre parado mirando por la ventana.

—¿Qué hacés acá? ¡Andate de acá! —gritó Nico—. ¿Por qué lo dejaste entrar, Osvaldo?

Cuando vos le presentás tu novia a tu papá, el tipo puede estar más o menos contento, más o menos indiferente, más o menos decepcionado.

Te va a decir que es linda, o que es simpática, o que "tiene demasiados huesos", como le dijo el padre a Serrat. Puede, incluso, llegar a decirte que, disculpalo, pero que cree que esa chica no es para vos. Pero nunca, nunca se va a creer con derecho a insultarte, humillarte y hasta pegarte por eso.

Ahora, presentale un novio y vas a ver cómo las cosas cambian.

—Callate la boca. Él te va a decir algo —dijo don Julián y tuve que hablar.

—Te vas a tener que ir, Nico —dije, mirando el piso.

—Estás en pedo. —Fue la reacción lógica.

—Salí un rato, tengo que hablar con mi hijo —me ordenó.

Lo miré a Nico, miré a su padre y para no llorar delante de ellos, me fui a dar una vuelta.

La ciudad era un montón de cuadrados grises, con árboles grises, autos grises, colectivos grises, perros grises. Imaginaba el futuro y era una pared que no tenía un solo cartel de Nico pegado. Entré al kiosco y la señora me ofreció discretamente una caja de Prime grises. No los acepté. Hizo como que no me los había ofrecido. Me senté en la Plaza Pringles. Me comí las uñas.

A los quince minutos volví.

El departamento estaba vacío.

Por un mes, no tuve más noticias de Nico.

8. Silencio

Me clavé con el Taunus a una distancia prudencial del departamento de los viejos de Nico. Me pasaba ahí todo el tiempo en que no estaba dando clases. Parecía de la Side. Por lo ineficaz, digo. No sé si me dormía en los momentos culminantes o qué, pero después de unos cuantos días, me di cuenta de que así no iba a ningún lado. Una tarde vi que Manu entraba en la casa con su novia y lo vi salir unas horas después. Dos o tres mañanas temprano, doña Ángela salió a hacer compras. Pero nunca vi aparecer ni a don Julián ni a Nico.

No sabía qué pasaba.

Cuando llamé por teléfono, al escuchar mi voz, ni siquiera me insultaron. Nada. No me dijeron nada y me cortaron. Cecilia y Roberto también llamaron. Y no tuvieron mejor suerte. La única noticia me vino al mes de mano de Florencia.

—Hola, ¿está Nicolás por favor? —preguntó desde el teléfono de su casa, yo estaba al lado, nervioso como la primera vez que fui a una disco gay.

—¿Quién es? —Quiso saber de malos modos desde el otro lado la bestia de Manu.

—Florencia —dijo Florencia, sin saber que ese nombre iba a abrir las puertas de la residencia porque así se llamaba una compañera del secundario de Nico, que era conocida en la casa. La petisita del vómito etílico en Grisú.

—Ah, sí, pará que lo llamo. —Y la bestia se fue a cumplir su cometido.

—¿Nico?

—¿Florencia?

—Sí, la amiga de Osvaldo.

—Ah...

—¿Cómo estás? —preguntó Flor.

Parece que hubo un silencio largo, como de telenovela, como de mirar a cámara y poner cara de "ojo con lo que voy a decir ahora".

—Mal.

—¿Qué te hicieron tus viejos?

—Nada en comparación con lo que me hizo Osvaldo.

—¿Qué te hizo Osvaldo?

—Dejalo así, no quiero saber nada de ese hijo de puta. Recién estoy saliendo de la depresión. No sé cómo me pude equivocar tanto. Gracias por todo, pero no llames nunca más y decile a él que tampoco llame y que no se le ocurra aparecer. Que se vaya de la puerta de casa, que los otros días me di cuenta que estaba ahí en el auto.

—Pero...

—Nada, no tengo nada más que decir. Quiero descansar.

No aguanté más, le saqué el tubo a Florencia y bueno, te imaginarás.

—Nico, no sé de qué hablás...

Silencio.

—Nico, quiero verte, ¿qué pasa, Nico?

Silencio.

—Nico...

Y, como era de esperar, cortó.

9. Mi mamá

Pasé otro mes en la más profunda depresión.

Ya ni me quedaba el consuelo de jugar al detective porque él me había pedido que no lo hiciese. Ni mis amigos, ni mis alumnos, ni el taller (adonde Nico jamás volvió) podían servirme de alivio.

Mi trabajo me gustó siempre, me sigue gustando.

Me emociona pensar que puedo hacer alguna cosa para que los demás tengan ganas de leer. Y en general no lo hago nada mal. Pero bueno, en ese momento, el trabajo no me servía de nada.

Daba las clases de memoria.

Corregía los trabajos como si fuesen de matemáticas.

Por suerte uno tiene madre, el buen lugar al que parece que siempre queremos volver.

Mamá vino de visita como hacía habitualmente con su radar a cuestas cuando notaba que el nene (el nene soy yo, hijo único, qué va'cer) andaba un poco mal. La señal más clara la tenía cuando yo no aparecía por casa los domingos a compartir el incomprensible optimismo familiar, regado de buenas intenciones, promesas de un progreso que jamás se cumpliría y una felicidad que es buena porque asoma allá, en la raya del horizonte.

Primero vinieron las noticias del barrio y los familiares lejanos, el asombro por casamientos, herencias, accidentes, estafas menores, todo de gente a la que yo hacía diez años que ni veía y no tenía ninguna gana de ver, pero que mamá insistía en que pertenecieran a mi vida cotidiana.

Después pasamos a terrenos más personales.

—Papá pregunta por qué no vas... —Era siempre el comienzo.

—Estoy ocupado, má, decile que estoy muy ocupado —contestaba yo sin despegar los ojos de una descripción delirante del Cid Campeador. (González, uno de los mejores alumnos de quinto segunda, lo comparaba con Batman, decía que por hacerle caso al Rey perdió los mejores años de su vida. Y encima no tenía batimóvil.)

—Ah, bueno, le digo... —decía mamá, y yo sabía que no faltaba nada para la pregunta que tenía anudada en el cuello. "Va a preguntar por Nico, me juego las bolas a que va a preguntar por Nico", pensé. Siguió preparando el mate, abriendo el paquete de facturas que había traído y como si no importase preguntó:

—¿Y el chico que estuvo viviendo acá? ¿Cómo se llamaba? ¿Nicolás, no? —¡Lo hizo! ¡Pudo hacerlo! ¿Qué carajo contesto?

—Se fue.

—Sí, de eso me di cuenta, pero, ¿por qué?

—...

—Eran buenos amigos, ustedes, ¿no? —insistía.

—Sí, claro. Bueno... mucho no lo conocí. —Yo no levantaba la vista del ejercicio que estaba corrigiendo.

—¿Cómo? ¡Si estaba viviendo acá!

—Sí, no, lo que quiero decir es... dejá.

—Pero eran buenos amigos.

—Sssí, digamos que sí.

Y entonces, como empujada vaya uno a saber por qué, la pregunta que durante años no se había animado a hacer. La pregunta que durante años temí y ansié que hiciese.

—¿Eran buenos amigos o eran pareja? —preguntó al mate, como si fuera más importante no derramar ni un palito de yerba que saber, finalmente, si tenía o no un hijo trolo. El único, para más inri. Estaba buscando la confirmación de lo que venía sospechando desde hacía tanto, desde que dejó de preguntar por mi novia, desde que contestaba tantos llamados de amigos a los que nunca conocía. ("Che, ese chico Adrián que te llamaba tanto, ¿por qué no llama más?", por ejemplo, o "¿Le debés algo a ese chico Hernán que te llama a cada rato como desesperado?".)

Pero, ¿habrá querido esa confirmación en serio?

¿O habrá preferido una mentira piadosa para no tener que preguntar más?

Me encontré con 26 años y ninguna gana de mentirle a una de las personas más importantes de mi vida.

Si siempre supo.

¿Por qué me costaba tanto?

¿Por qué no podía contarle todo y pedirle ayuda?

Estaba hablando de amor. Tan malo no era.

Era mi mamá, ¿cómo no me iba a entender? Bueno, había tantas madres de amigos míos que al enterarse se tiraban de los pelos, iban de rodillas a Luján con una vela encendida en la mano o expulsaban a sus hijos de casa. Ahí tienen, sin ir más lejos, el caso de Nico. "¿Qué estará haciendo Nico en este mismo instante?", pensé, pero eso no me ayudaba a la respuesta que tenía que dar.

Parecía que había llegado el momento de la verdad. Junté coraje y contesté:

–¿Cómo se te ocurre? –Me escuché decir y las palabras no eran las que yo siempre creí que iba a usar en estas circunstancias.

Me miró, hizo un silencio, eligió una tortita negra.

–Era una broma, che, ¡qué poco sentido del humor! –Sentándose conmigo a la mesa de la cocina me dio el primer mate. No sé qué, pero hay algo en los mates de mi mamá que no me gusta, será que calienta mucho el agua o que mueve la bombilla, no sé.

Diez minutos de silencio son demasiado para cualquiera. Para mi mamá, es como tres eternidades más *Ben Hur*, más *Lo que el viento se llevó*, más *Danza con lobos*, más *Titanic*. Pero pasaron diez minutos de silencio y yo no podía corregir un puto ejercicio más y mamá miraba el techo de la cocina y por primera vez desde que la conocía no hizo comentarios sobre una telita de araña que acababa de aparecer ahí colgando, ni hizo una exposición detallada de las bondades de la yerba que ella compraba en su casa, en detrimento de la que tenía yo que habrá sido uruguaya y lo que quieras, pero es muy finita y pasa por la bombilla.

–Sí, má. Éramos pareja, o algo así... estábamos empezando, pero me parece que se pudrió.

Debía ser que teníamos tiempos diferentes, porque nunca en la vida yo había necesitado tanto que ella hablase, que dijese algo, que diera una señal, una cualquiera, para saber cómo estábamos. Y nunca en la vida ella estuvo tan callada, tan poco comunicativa. Justo ella, Miss Talking Head.

–¿No vas a decir nada? –Y estiré la mano para hacerle una caricia.

–¿Qué querés que diga? No esperaba esto...

–Sí lo esperabas...

–... sí.

–¿Estás desilusionada?

–¿Por qué? Es tu vida, vos sabrás. –No podía levantar los ojos, no podía mirarme.

–¿No me vas a querer más?

–No seas estúpido. Soy tu mamá, ¿cómo no te voy a querer? Si... ¿alguien más lo sabe?

–Mis amigos lo saben, algunos compañeros del trabajo, la tía Alcira. –En realidad, la tía Alcira no era tía, era prima segunda, por el lado de mi papá, pero como era de una edad indefinida e intermedia entre mis padres y yo, y ser "primo segundo" era demasiado burocrático para la relación que tenía con la familia, siempre fue "tía".

–¡La tía Alcira! ¿Y cómo no me dijo nada la tía Alcira? ¿Por qué supo ella antes que yo?

–Porque ella es lesbiana, má. –Y noté que era demasiado para una tarde. Me acordé de que ella no lo sabía.

–¿Eh? ¿Lesbiana? ¡Claro! ¡Por eso le gusta tanto el TC 2000! –Y rió. Y su risa fue un bautismo nuevo para mí.

Nos abrazamos y me pareció que la foto de ese momento podría haber sido el póster desplegable de la *Todo-Trolo* de septiembre. Lástima que la revista todavía no exista.

—¿Y Cecilia y Roberto saben?

—Sí, claro.

—¿Y qué dicen?

—Nada, no tienen nada que decir. Me quieren, soy su amigo. Roberto es como un hermano para mí. Y también sabe el hijo del tío Chichín, Juan Carlos, que siempre fue muy bueno conmigo.

—¿Y mis nietos?

—Olvidate.

—Yo quiero nietos.

—Por ahora es poco lo que puedo hacer al respecto pero, viste hoy la ciencia avanza que es una barbaridad. —Quise hacer un chiste.

—¿Te puedo hacer una pregunta? No sé, tomalo bien, pasa que por ahí es una tontería o qué sé yo... No te ofendas, yo no entiendo nada de esto... —Me asusté. ¿Una pregunta? ¿Qué? ¿Qué me va a preguntar? ¿Si soy activo o pasivo que es la fantasía de todos los heterosexuales? ¿Me va a preguntar si "ya pasó algo"? ¿Si duele? ¿Qué me irá a preguntar?

—¿No te parece que te podés enamorar de una chica, no sé, así, una chica buena, aunque tenga el pelo muy cortito? —Respiré aliviado.

—¡Ah, má!... ¿Cómo saberlo? Me parece que no pero... mirá, es tan raro todo. Yo no sé por qué me pasa esto a mí. No tengo ni idea. A veces me miro al espejo y no entiendo nada. Y todo es tan extraño que andá a saber si algún día no me gusta alguna chica. No lo veo, de verdad, me parece que no. Estoy casi convencido, pero asegurarlo no podría. Yo nunca hubiera pensado que me iban a gustar los chicos.

—¿Y no vas a hacer escándalos vestido de mujer y eso, no me vas a robar las pinturas, no?

—No, por ahí no se me dio. Por ahora no se me dio.

—¿Y en el barrio quién sabe?

—No sé, al barrio hace mucho que no voy... Ah, el que sabe es Tomasito, el hijo de don Tomás.

—¿Él también, no?

—Sí, él también —dije y no quise ni recordar cómo fue que mutuamente nos enteramos. Era otra historia, habían pasado muchos años.

—Pero él es medio mariconcito, vos no.

—Tuve más suerte.

—¿Más suerte por qué? Será mariconcito pero es una excelente persona. —Mi mamá me estaba dando lecciones de corrección política.

—Tenés razón, má.

—Bueno, pero a papá no le digas nada. Él es más chapado a la antigua ¿viste? —Hubo otro silencio, este mucho más corto, y finalmente preguntó lo que de verdad tenía ganas de saber—. Y ahora contame, ¿qué pasó con Nico?

Le hablé de mis últimas penurias, le conté lo que sabía de tía Alcira y algunas otras cosas más.

Nos abrazamos, reímos y lloramos.

De todas las cosas que tiene mi mamá, lo que más me gusta, es que sea mía.

10. El malentendido

Mi estado era calamitoso y no me salía disimularlo.

Tanto tiempo sin ver a Nico, esa última conversación incomprensible en el teléfono de Flor; no sabía qué carajo pasaba y no tenía cómo averiguarlo. Casi nada me motivaba, ni siquiera el ejercicio que estaba haciendo con los chicos de quinto de una escuela pública de barrio. (Como si fuera un dato especialmente elegido para la historia, justo era la escuela en la que Nico había hecho la primaria. Sí, por Ovidio Lagos, pero no voy a decir nada más.) Les pedí a los chicos que llevaran a clase lo que estaban leyendo. No te das una idea de lo interesante que era. Stephen King, Jorge Amado, *El Gráfico*, Fontanarrosa, Dolina, Benedetti (y bueno, qué va'cer). Es mentira que los pibes no leen y comprobarlo una vez más me daba un poco de aire. Pero tenía la cabeza en otra parte. En un departamento contrafrente de la calle Catamarca de una familia venida a menos.

Una chica, Lucía, me estaba dejando con la boca abierta porque andaba por el tomo cuatro de *En busca del tiempo perdido* que había sacado de la biblioteca del barrio. Marta, la celadora, me vino a avisar.

Me esperaban.

Al asomarme por la puerta vi el pulóver azul con dibujos geométricos negros de ya sabés quien.

Proust podía esperar.

Íbamos en busca del tiempo perdido.

Dejé a Marta con la clase y salí al patio.

Hacía un frío atroz. Solo el busto de Sarmiento fue testigo de la escena.

Sonreí, ni sé por qué, pero sonreí.

Sarmiento y Nico, no.

Me extendió la mano con las llaves de mi casa. Ni me acordaba que tenía una copia. Sí, me acordaba, y todas las noches me parecía que venía a visitarme y nunca vino.

—Me había quedado esto tuyo y como no soy cobarde, acá estoy, dando la cara por última vez.

—Nico, creo que acá hay un malentendido.

—Sí, de eso no me quedan dudas. Hay un gran malentendido. Ni vos ni yo somos lo que creíamos que éramos hace unas semanas, o unos meses. Solo eso. Me equivoqué, pero ya está.

—Nico, ¿qué te dijo tu viejo en casa?

—Lo que vos le fuiste a decir.

—Yo no fui a decirle nada.

—No me mientas más, Osvaldo.

—Yo no fui a decirle nada, te juro. Él apareció allá en el colegio y me dijo que si seguías viviendo en casa hacía la denuncia a la dirección. Sos menor, me reventaba si lo hacía.

Abrió los ojos así de grandes e hizo un gesto de asombro.

—¿Vos no fuiste a buscarlo para decirle que me sacara de tu casa? ¿Vos no le dijiste que te daba exactamente lo mismo que estuviera yo o cualquier otro? —me preguntó cayendo en la cuenta del engaño del que había sido objeto.

—No, amor. No fue así. Él vino a apretarme. Mal. En medio del colegio. No me quedó ninguna posibilidad.

—¡Qué hijo de puta! ¡¿Cómo fui tan boludo?! ¡¿Cómo le volví a creer?!

—No sé, no sé cómo fue, pero si no me importases nada, ¿te iba a llamar por teléfono o iba a montar guardia en la puerta de tu casa?

—Sí, me resultaba extraño, pero estaba tan deprimido que no pude ni darme cuenta.

Las cosas más intensas que me han ocurrido siempre tuvieron que ver con el amor.

Su presencia o su ausencia.

Su llegada o su despedida.

Su certeza o su incertidumbre.

Habíamos terminado de pasar una prueba o mejor, nos estábamos dando cuenta que estábamos en medio de una prueba. Y tuvimos tanta fuerza, tanta voluntad para vencer que me parece más incomprensible el hecho de que, un día, Nico se haya ido.

Pero se fue.

Claro que en el medio, estuvieron los mejores seis años de mi vida.

11. Un espíritu indómito

Todo octubre fue de lucha declarada. A Manu, a don Julián, a doña Ángela. Nico volvió a su casa y al principio hizo como que sólo se estaba curando de la depresión. Pero en una cena familiar la cosa estalló. Les reprochó el apriete que yo había recibido y la mentira con que lo sacaron de mi departamento.

Don Julián, haciendo galas de maravillosos conocimientos pedagógicos, decidió encerrarlo en la casa, sin darle ninguna posibilidad de salida. Ni a la facultad. Prefería su hijo preso antes que puto.

No es el único, después de todo.

Pero Nico siempre fue un espíritu indómito.

Resultado: en el mes en el que lo tuvieron encerrado rompió el televisor con un martillo, descongeló el freezer por lo cual perdieron la comida del mes, no dejó un solo adornito de doña Ángela, incendió el colchón matrimonial, metió en la computadora de Manu un virus que se puso en marcha apenas Manu invocó su password (sí, su password era "Manu"), destruyéndole todos los cálculos que tenía de la facultad.

Fue adorablemente insoportable.

Después del mes de destrozo lo llevaron a lo del psicólogo.

Y el tipo fue claro: "Nico no está mal con su homosexualidad. Los que están mal son ustedes".

Más clarito...

Yo nunca esperé que los padres de Nico –y ningunos

padres, en realidad– saltaran de alegría al grito de "el nene es trolo, el nene es trolo, olé, olé, olé". Pero tampoco terminaba de entender esta obsesión que les había dado. Ya está, un hijo trolo, bueno, hay cosas peores. Algunos, por ejemplo, salen dentistas o menemistas. Más aún si tenés en cuenta que los mejores amigos de los padres de Nico eran una pareja gay de más de cincuenta años. Pareja que no movió un dedo cuando se enteró del asunto, valga para que quede claro que entre nosotros también hay flores de hijos de puta y la solidaridad bien entendida no siempre empieza por casa. El hijo de sus mejores amigos era condenado por lo mismo que ellos habían sufrido en la adolescencia y no hicieron nada. Siguieron cenando con los padres de Nico y evitaban el tema. Eran judíos tomando el té con las SS. Pero Nico no se los puso nada fácil y con absoluta maldad, en el cumpleaños de su mamá, en el que la pareja de amigos no eran los únicos invitados, aprovechó la cena para preguntar con la mayor ingenuidad heterosexual.

–¿Y de ustedes dos, quién hace de mujer? ¿O cambian los papeles? ¿Por qué no les cuentan a ellos que ser puto no es tan grave? A ustedes no les ha ido tan mal con la agencia de viajes. ¿O mamá no sabe que todos los regalos que siempre nos hicieron vienen de la agencia de viajes que manda a todos los putos de Rosario a Mykonos, a San Francisco o a Río?

Sí, doña Ángela no tuvo un feliz cumpleaños. Pero tenía que ir acostumbrándose.

Es lo que pasa cuando se quiere reprimir a un hijo de espíritu indómito.

Y encima, puto.

12. Trash en el palier

Más por cuestiones económicas que por los comentarios del psicólogo, Nico fue recibiendo cada vez más libertad. El televisor, el colchón, la computadora, significaban demasiado perjuicio al presupuesto familiar. Y la sola presencia del muchacho con cara de pocos amigos se fue haciendo insoportable en el departamentito contrafrente de las desilusiones. Al mes volvió a la facultad. A través de Florencia concertábamos citas en lugares rarísimos, a horas extrañas.

Primero en barrios suburbanos, a orillas del Saladillo, o por las calles laterales del centro de Echesortu. Largas caminatas por Alberdi, entre los fresnos que se preparaban para el verano. Después me empezó a esperar a la salida de los colegios o yo iba hasta el Politécnico (que es donde estaba su facultad) y nos quedábamos en el bar. Después, claro, volvimos al colchoncito de casa. Yo tenía mucho miedo y cerraba todas las ventanas y daba una vuelta manzana antes de entrar a mi edificio por si Manu, don Julián o algún esbirro de la familia andaba rondando por ahí.

Nos fuimos acostumbrando a ese relajamiento de las costumbres. Y con la excusa perfecta de los grupos de estudio y cosas así, Nico aparecía por casa a la tardecita y se iba a la medianoche. Pero claro, somos del tipo de gente a la que si le das la mano se toman el brazo.

Cuando a las siete y media de la mañana sonó compulsivamente el portero eléctrico y nos despertamos desnudos y abrazados en el colchoncito, nos dimos cuenta de que nos habíamos quedado dormidos. Atendí todavía atontado, aunque excitado.

—¡Osvaldo, una señora subió! ¡Cuidate! ¡Está armada! ¡Creo que es la madre de Nico!

Era la voz alarmada de don Francisco, el portero, que, por supuesto, sabía todo. Era portero. Nunca había hecho ninguna mención pero ahí me di cuenta de que todo el edificio compartía mi lavstori. Apenas terminé de atender, el timbre del departamento fue presionado de forma... insistente, por decirlo de alguna manera.

Lo que sigue no te lo podés imaginar porque no estabas ahí.

Ahí éramos solo tres.

Nico, su mamá y yo. (Aunque por la mirilla de los otros tres departamentos del piso unos cuantos espectadores agradecían el espectáculo que estábamos ofreciendo y que me tenía como involuntario y desnudo protagonista. Creo que no lo hicimos nada mal.)

Sobre la armonía estridente y atonal del timbre, que dibujaba una melodía hipnótica, un trabajo demoledor de base acústica, el un-dos, un-dos machacado sobre la puerta de madera que dejaba al grupo Sepultura a la altura de los hermanos Carpenter.

En fin, que hubo trash en el palier de mi departamento.

Nico y yo desnudos abrimos la puerta y entró esa señora alta y, con toda su dignidad herida, empujó a Nico en bolas al palier, se encerró conmigo en el departamento y puso llave, todo, mirá qué multifacética, sin soltar un simpático revólver con el que me apuntaba, al tranquilizador grito de "¡Te mato! ¡Yo te mato y lo mato!".

Como tuve la ligera impresión de que de llevar ella a cabo sus declarados propósitos alguna fea consecuencia me esperaba, intenté calmarla y sacarle el arma. Tengo intenciones de morirme, claro, como todo el mundo. Pero por ahora, a pesar de los problemas de terminación de su pomposa obra, dejo las cosas en manos del autodenominado "Todopoderoso" antes que en las de esta señora que parece menos misericordiosa y un poco menos sabia, incluso con los reparos que sabés que tengo con el que se tomó el domingo para el *dolce far niente*, en una magistral clase de autocomplacencia. Que sea él de allá arriba, y no ella de acá abajo quien decida cuándo regalaré a seis de mis más íntimos la posibilidad de cargar una manijita del cajón, mostrar cara de que el mundo ya no será lo mismo y después ponerse de acuerdo para ir a comer una pizza por ahí, mientras yo intente acomodarme a ese sitio tan poco amigable en el que no te podés ni mover.

Me pareció que el forcejeo por el arma con doña Ángela duró seis años pero debe haber sido menos. En todo caso, si algo podía poner fin a ese arranque asesino de la señora, fue la bala que se disparó y entró en la pared del living que daba hacia la nada y después ya no supe qué fue de ella. De la bala, digo, porque de doña Ángela sí supe. Mi obstinada suegra tomó conciencia de que lo que tenía en la mano era el arma casi sin uso de su marido. (Cosa bastante lógica si se tiene en cuenta que esa mañana ella no pensaba pedirle al verdulero un atado de acelga de la buena para una pascualina, sino liquidar a dos personas, su hijo y el abajo firmante.) Mientras tanto, el festival trash continuaba en el palier con Nico desnudo, que quería saber si era huérfano o viudo y don Francisco que no sabía si hacer la denuncia o no, pero que iba acumulando cada detalle para la posterior tertulia con los vecinos. Siempre es bueno para un portero tener todos los detalles del tiro que se escuchó en el edificio. Da sensación de seguridad.

Después del disparo, doña Ángela literalmente se desmoronó en el piso del departamento. Le saqué el arma, abrí la puerta y le dije a don Francisco que no se preocupara. Que la señora era así. Un tanto exaltada pero buena gente. Nico entró y vio a su madre tirada en el suelo y no tuvo dudas: estaba muerta.

Doña Ángela no tenía ninguna intención de morirse en ese momento (y por lo que sé, en ningún otro) y abrió los ojos para poder cerrarlos y llorar a gusto.

Ahí noté que estaba desnudo y me fui al dormitorio a ponerme algo y también a traerle algo a Nico para que tapara sus cosas. No fuera cuestión de excitarme teniendo a mi suegra ahí a punto de matarnos y morirse. No soy un experto en etiqueta, pero no me parecía el momento más adecuado.

Se abrazaron y lloraron en silencio.

Ella preguntaba "¿por qué?" y él no decía nada.

No sé si era compasión lo que yo estaba sintiendo en ese momento. Me parecía increíble pero notaba que a veces los hijos son los que tienen que hacer esfuerzos por entender a los padres.

Y quizás los padres no entiendan nunca.

Doña Ángela estaba convencida de que lo peor que le podía pasar era tener un hijo trolo. Que ella no se merecía esto. Ni tampoco la quiebra de su marido, ni la apurada miseria, ni el destino de contrafrente que se le había instalado en el alma. Y tener que recibir a los amigos a la vuelta de Cancún, Saint Marteen o algún otro de esos paraísos uno a uno para flotadores argentinos asegurando que ella no viajaba porque se cansaba mucho. A doña Ángela también le habían prometido otra cosa. Ella también creía que la vida iba a ser siempre como cuando iba al Adoratrices y en un baile de carnaval conoció a un joven hermoso, cuello alto, frente amplia (¡cómo no la voy a entender, doña Ángela, si tenemos los mismos gustos!) que tenía asegurado un futuro empresarial envidiable. Y que iban a aparecer los hijos lindos y rubios, jugadores de rugby, ingenieros de obras públicas, brillantes, simpáticos, con nueras rubias de trigo y percal. Y que los domingos rubios se encontrarían con los nietitos rubios en la casa quinta rubia de Funes a comer asados pantagruélicos y hablar de lo lindo y rubio que era todo.

Y mire cómo terminó, doña Ángela.

Despeinada y llorando, tirada en el piso del departamento de un par de putos, uno de ellos, casualmente, hijo suyo.

Nico me pidió que los dejase solos y me fui a trabajar.

Charlaron un rato largo, me dijo Nico después.

Él le contó muchas cosas de su vida, y le contó sus sueños y sus ambiciones, sus temores y sus dudas.

Ella le dijo que mejor se hubiese muerto antes de contarle todo eso.

Le pidió a Nico que no los buscase nunca más, a nadie de su familia, que se olvidara para siempre de los apellidos que tenía.

De haber tenido plata, lo hubiera desheredado.

Y también le dijo que si alguna vez se encontraban por la calle no se molestara en saludarla. Que él, para ella, había dejado de existir.

—Yo no sufrí lo que se sufre en un parto para tener un puto —dijo, y se fue.

Parece que su parto (como su casamiento, como su vida) había sido una inversión que se había ido al carajo.

Hay gente que no tiene suerte. Qué va'cer.

13. "¡Qué bien besás, Bazán!"

Nico no fue mi primera pareja.

De hecho, cuatro años antes de conocerlo, a los 22, estuve a punto de casarme.

Por civil y por iglesia.

Con Sandra.

Habíamos puesto fecha y todo.

Estábamos haciendo la lista de invitados cuando el pánico me recorrió el cuerpo.

Patético.

Pedí perdón, reconocí el tamaño del error y salí corriendo. Bueno, disculpame, tampoco lo podía tener todo tan claro, ¿no te parece?

Si Roberto había sido tan certero cuando apenas andábamos por los diez años, si era tan evidente que lo mío no eran las mujeres, ¿por qué intenté con Sandra?

Por varias razones.

1. No quería ser puto.

2. Lo había pasado muy mal en el secundario por serlo o simplemente por pensar que lo era.

3. Sandra se enamoró de mí y me hizo las cosas bien fáciles.

Es que en el profesorado de Literatura como te imaginarás, no abundaban los hombres. Las chicas eran mayoría. Y cumplían dos requisitos básicos.

1. Eran lindas.

2. Todas se querían casar.

Sandra era la excepción del primer requisito pero lo suplía cumpliendo largamente el segundo.

¿Sandra no era linda?

¡Qué sé yo! Era alta, de pelo pajoso, rojo desteñido,

flaca, muy flaca, pecosa y desgarbada. A la altura del pecho tenía dos tetas. (Una en cada lado.)

—Osvaldo, si encima que les tenías rechazo, te engan-
chás con Sandra, ¿cómo te van a gustar las mujeres?
—me dijo Roberto apenas se enteró de mi romance heterosexual, descreyendo absolutamente y aconsejándome
todo el tiempo para que no lo haga. Pero ojo, no me lo
decía de mala onda. Vos sabés cómo es Roberto. Me
preguntó si estaba enamorado en serio, o si solo estaba
disimulando y buscaba una pantalla. Me dijo que si estaba enamorado en serio, él no se iba a meter y que bueno, bárbaro. Pero que si era una pantalla iba a seguir
siendo amigo mío aunque no le parecía nada bien. Que
si era puto —mi amigo se empeñaba en decirme "puto",
¿podés creer?—, me la bancase.

Para él, supongo, sonaba fácil.

Es más fácil ser el amigo heterosexual de un puto que ser
el puto en persona. Por primera vez, y creo que única, le
mentí. Le dije que con Sandra todo era distinto. Que era
amor de verdad.

Tengo un atenuante: yo también me mentí.

Me quise convencer —y no me costó nada— de que finalmente me había curado de esa cosa increíble que me
había pasado, de ese entretenimiento infantil que no
quería decir nada con respecto a mi orientación sexual.
"Bueno, es entendible —me decía— a los doce años es difícil conseguir chicas, y los chicos estamos en períodos
de búsqueda y experimentación, le pasa a todo el mundo." Así explicaba los toqueteos furtivos en el vestuario
del club, o con los compañeros que se quedaban a dormir en casa cuando nos juntábamos a estudiar, o con los
ocasionales chicos que habían aparecido en mi puber-
tad y en mi adolescencia. Cosa de chicos.

Con Sandra era otra historia. Sandra se me había tirado
en el bar del profesorado. Hacía tiempo que se me insi-
nuaba y yo sólo me ponía colorado y nada más. Entonces,
Alicia, otra compañera, un día, antes de entrar a una de
las pedagógicas, me sacó al pasillo y me dijo:

—¿Cuándo te vas a dar cuenta de que Sandra está muerta con vos?

—No jodás —le dije.

—¡Hacé algo, Osvaldo, esa chica ya no come por vos!

Y bueno, soy de Leo. Y andá a decirle a un leo que alguien no come por él. En principio me dio curiosidad. Así fue como esa chica empezó a comer y a comerme. Era raro. Me llamaba por el apellido.

—Bazán, te quiero —me decía.

Y yo también la llamaba por el apellido.

En el bar del profesorado, yo repasaba Hispanoamericana II cuando Sandra se sentó enfrente. Le ofrecí una de las medialunas que tenía y me dijo que no. Le pregunté por qué no comía.

—Porque si como pierdo tiempo y no puedo mirarte.

Hay que ser muy puto para no enamorarse de una mujer que te dice eso. Y yo era muy puto pero quería dejar de serlo. Abrí mucho los ojos, ella prácticamente se tiró sobre la mesa y me besó en la boca.

—¡Qué bien besás, Bazán! —me dijo, se rió, y vino a sentarse a mi lado.

¿Qué podía hacer?

Y así fue que nos pusimos de novios.

14. La pareja ideal

Duramos casi un año. Yo iba a su casa los fines de semana y me quedaba allí con suegros como los de verdad, como los de las películas argentinas: una suegra que hacía comidas para mí y un suegro que me hablaba de fútbol y política. ¡Aleluya!

Finalmente lo había conseguido. Era un chico como todos los demás. Tenía una novia con la que iba a bailar los sábados y le daba besos en la puerta del profesorado. Los miércoles a la noche íbamos al cine y en las manifestaciones antigubernamentales íbamos abrazados. Podía hablar de "mi novia". Todas esas cosas que siempre me habían parecido tan lejanas, tan perfectas y grises, ahora estaban ahí y eran mías.

Encima creo que ella era feliz.

Solo que era insaciable.

No había manera de conformarla.

Adoraba el sexo.

Y para colmo, el mío.

La primera noche que pasamos juntos fue en casa de Alicia, que era del interior y vivía sola. Con una sonrisita nos dejó el departamento y se fue a lo de no sé quién.

Ya había supuesto que algún precio iba a tener que pagar por ser alguien igual a los demás.

¿Quería que me señalaran con el dedo?

No, no quería.

Y bueno, entonces tendría que acostarme con una mujer, ¿qué otra posibilidad me quedaba?

Analicé la situación y llegué a la siguiente conclusión: podría hacerlo con hombres o con mujeres.

Si lo hacía con hombres me iban a mirar mal, iban a hablar de mí, y me iban a pasar cosas espantosas, iba a tener ladillas y me iban a meter preso, y me iban a apuñalar unos taxi boys sucios con mal aliento y tierra debajo de las uñas.

Si lo hacía con mujeres todos iban a estar contentos.

Excepto yo, pero eso no me parecía importante en ese momento.

En lo puramente sexual, debo confesar que no era excitación lo que sentía en los momentos de intimidad con Sandra. Era simplemente una mezcla de cerebro con algo, qué sé yo, "higiénico" diría. Mi cabeza le daba al pito la orden de que se parase. Y él iba y se paraba. Y entraba. Y salía. Y entraba. Y salía.

Y, ¡pum para arriba!

Y ahí estaba ella otra vez.

–Dale acá, dale Bazán, ¡qué lindo Bazán! ¡Sentí Bazán, sentí!

Y yo sentía casi todo. Excepto lo que ella esperaba que sintiera.

El día en que la presenté a mi familia fue todo un acontecimiento. El nene traía a casa por primera vez una novia. (¿Qué habrán pensado? De verdad, digo, más allá de lo que pueden haber dicho a los vecinos o más aún, de lo que pueden haberse dicho, ¿qué habrán pensado?)

Mamá sacó la vajilla de la abuela y puso mantel. (Dos hechos que, de por sí, hablaban del acontecimiento histórico que se estaba viviendo.) Para quedar bien, Sandra –que se jactaba de ser intelectual y no tenía el mínimo manejo en cuestiones del hogar– insistió en lavar la vajilla usada en el acontecimiento. Estaba en la cocina, acompañada solo por su habitual torpeza, cuando se le rompió uno de los platos antiguos. Para no pasar papelones metió los pedazos del plato en su cartera y no dijo nada.

Mamá nunca se enteró. Solo que, al notar el faltante en el juego de vajilla hereditario, lo tuvo clarísimo: Sandra era mechera.

Papá me dijo que a él las mujeres no le gustaban flacas.

En definitiva, mis padres no parecieron muy impresionados.

No sabían que yo hacía todo el sacrificio solo para que ellos se quedaran tranquilos. Me pareció poca alegría para el esfuerzo que estaba haciendo dos o tres noches por semana, cuando Alicia insistía en que nos quedásemos en su departamentito pese a que yo le decía que para qué se molestaba, que no hacía falta, y ella que no, que no era ninguna molestia, que nos veía tan enamorados que seguro precisábamos privacidad.

¡Puta privacidad precisaba yo, que tenía pánico de quedarme solo con esa ninfómana que apenas Alicia cerraba la puerta, me estaba bajando los pantalones y unos boxers Calvin grises y blancos que nunca supo apreciar!

Para todo el mundo, para los chicos del profesorado o mis compañeros de trabajo (en ese momento yo trabajaba medio día en una agencia de quinielas) éramos la pareja ideal. ¡Qué digo ideal! ¡Recontraideal!

Cada treinta días me acordaba del cumplemés y le mandaba una tarjetita con un regalito.

Cada vez que nos veíamos le regalaba un chocolatín o cosas así.

Sandra estaba pasmada: nunca la habían tratado tan bien.

Cuando íbamos al cine elegíamos la película entre los dos; cuando caminábamos le daba el lado de la pared: "Eso ya no lo hace nadie, Bazán", me decía la colorada; le abría la puerta de los autos (todavía no tenía el Taunus 80 bordó, techo vinílico negro), le servía el vino y los domingos cuando salíamos a caminar, apenas preguntaba cómo iba Central, pero no llevaba la radio para escuchar el partido.

Pese a que me mentí, le mentí a Roberto y a todo el mundo, con ella no pude. Tan convencido estaba de que todo era de verdad, de que Sandra no era una pantalla para esconder "mis más bajos instintos", que me pareció muy lógico contarle mi pasado de incipiente y abortado gay. Saqué fuerzas de no sé dónde y se lo dije.

¿Sabés qué hizo?

Decí.

No.

Se largó a reír.

A carcajadas.

Y no podía parar.

—¡Con razón eras tan amable conmigo! —me dijo y siguió riéndose.

Le dije que sabía que no me iba a pasar más, que los hombres ya no me atraían (¡y yo lo creía!) y que íbamos a tener un montón de nenitos cachetones y coloraditos.

—¿No te jode que haya sido homosexual? —le dije, porque decir "gay" me parecía muy puto, y decir "puto" no se me hubiera ocurrido jamás. "Homosexual" me sonaba como científico. De haber conocido la palabra, me hubiera catalogado de "uranista" o algo así.

—No —me dijo—, solo que antes tenía miedo de que te engancharas de cualquier otra, ahora también tengo que cuidarme de los hombres.

—No, Sandra, ya fue.

Y en el momento que dije "ya fue", en ese preciso momento, me di cuenta que no "había sido" un carajo. Deberías haber visto el mozo que nos atendió. Cuello largo, frente amplia, ojos así de grandes y unas manos a las que inmediatamente me imaginaba agarrándome las partes. Pero suavemente digo. El tipo me sonrió con toda la cara y podría asegurar que ignoró la presencia de Sandra. Volví a ese bar al día siguiente. El mozo continuaba ahí.

—Hoy estás solo —me dijo con toda la intención.

—¿Y vos? —le pregunté.

Lo que sigue imaginátelo. Solo que fue la confirmación de que lo de Sandra era mentira.

Aguanté nueve meses.

Fue un parto.

Desde el encuentro con el mozo —la verdad, bastante decepcionante, debo decirte—, no había tenido ninguna otra cuestión sexual descontando, claro, los aprietes en el departamentito de Alicia de la colorada calentona que no me dejaba en paz, pero sí había mirado con intención a cientos de chicos hermosos o no tanto que pasaban a mi alrededor.

Por eso me quería casar cuanto antes.

Pensaba "con libreta ya está, ya se me pasó". Habíamos puesto la fecha para dentro de dos meses, cuando Sandra vino con la novedad de un atraso. Yo tuve que preguntar todo porque no tenía ni idea de eso de la regla, los días fértiles, qué sé yo, esas asquerosidades. Ella siempre se cuidaba, tomaba pastillas, y yo en general usaba forros. Pero parece que la vez que no usé forros no sé qué pasó con las pastillas y ahí estábamos.

Esperando un niño.

¡Un hijo!

—Me salvé —me dije.

Con un chico les va a ser más difícil decir que soy puto. Es más, si tengo un hijo no soy puto, por definición. Ya está. Era perfecto.

A ella no le causaba ninguna gracia un chico. Su carrera, qué sé yo qué carajo, su realización personal, los viajes que pensaba hacer. Y les tenía asco a los chicos.

Insistí.

Le dije que imaginase un nenito cachetón y coloradito. Que no sería ningún problema en nuestro futuro. Que si yo trabajaba y estudiaba, ella también iba a poder compatibilizar la crianza con el estudio.

¡Ese chico era mío y ninguna colorada ninfómana me lo iba a sacar!

¡Sería padre!

¡Y mi nene sería un lindo gay que a los quince llenaría la casa con posters de Madonna y de Mariah Carey!

—Sí, sí, tengamos ese chico, amor, tengámoslo.

Yo ya estaba eligiendo nombres. Quería algo especial, claro. Es cierto, "Cayetano" o "Segismundo" en principio suenan feo. Pero si el pibe tiene personalidad y sabe llevarlo con hidalguía, ya tiene medio camino hecho. Es un toque de distinción que le regalás de chiquito. Andaba por todas partes con el librito con los nombres cuando Sandra me dijo que se había hecho un raspaje. Que ella no quería un hijo en esas circunstancias. Y que no me consultó porque su cuerpo era de ella y suponía que yo no iba a estar de acuerdo. Y que consideraba que no estábamos lo suficientemente adultos como para tener un hijo, todavía.

Quizás tenía razón, pero para mí fue el final.

Se me cayó todo de golpe, me hice mierda de una vez y dije basta.

"Soy lo que soy, toco mi propio tambor" y todo el set "libérate".

Sin embargo, seguimos un tiempo más, pero yo intuía que ya todo había sido.

Estábamos haciendo la lista de invitados (por iniciativa mía iba a ser una fiesta monumental, como con trescientos invitados) cuando le dije que no, que basta, que no iba a poder. Vamos, que no quería.

Debo reconocer, no se lo tomó mal.

Se lo tomó peor.

Primero me preguntó si era una broma, después me dijo que lo pensase más, después que bueno, está bien, que ella iba a tratar de entender. Finalmente me gritó lo que se suponía que me iba a gritar. El querido y nunca bien ponderado "¡puto de mierda!".

Y otra vez, la vida continuaba.

Su venganza fue cruel, mucho más de lo que podría haber esperado de la ex futura madre de mis hijos, que menos mal que no nacieron y hoy deben estar agradecidos de la decisión. No solo contó mi mayor secreto en el profesorado (en donde, debo decirlo, la noticia del corte se tomó con alivio, no sabía que yo era tan querido y que a Sandra no la bancaba nadie) sino que se juntó con quien quisiese, en los bares cercanos al instituto a leer las cartas de amor que yo le había mandado a lo largo de los diez meses.

Y yo le había mandado muchas cartas.

A la lectura multitudinaria en mesas de diez o doce personas, le agregaba ella algunos epítetos irreproducibles y la explicación pormenorizada de hechos más que íntimos en donde yo siempre quedaba como un idiota. Que fui el hazmerreír de media ciudad, eso fue.

¿Quién los entiende?

Es cierto, se le debe haber jodido bastante la cuestión femenina a la pobre. Se había enamorado de un gay, qué sé yo, no debe haber sido fácil para ella. Pero yo fui sincero, che. Y confié en ella. En todo caso parece que le encantaba que le mintieran porque después salió un montón de tiempo con un puto encubierto que le metió los cuernos con cuanto chonguito encontró en Rosario, Buenos Aires y otras hermosas ciudades argentinas a las que tenía que viajar por su trabajo de vendedor. Yo me enteré porque esas cosas siempre se saben.

Por suerte para mí, como en todos los momentos difíciles, ahí estaba Roberto.

Nos emborrachamos y cantamos hasta tarde por la peatonal. La noche era, otra vez, el lugar en el que nos encontrábamos a gusto hablando de mujeres, de hombres, de fútbol, de política, del mundo, de nosotros.

—Tenía mucha tristeza de perder a mi amigo puto —me dijo el conchudo.

Y me abrazó fuerte.

Entonces no me mentí más.

15. El campopopular

Nico nunca había escuchado a Caetano Veloso. Ni a Joaquín Sabina. Nico escuchaba Phil Collins, a Génesis, a Madonna. Y en las primeras elecciones en las que había participado, votó por los liberales. Lo que me demostraba que tenía mucho trabajo por delante.

—¿Por qué los liberales? —pregunté, de verdad que estaba intrigado.

Había dos cosas que me llamaban mucho la atención:

1. Cómo un chico joven votaba por ideas de derecha.

2. Por qué yo me había enamorado de alguien con ideas de derecha.

Toda mi vida fui —lo sigo siendo y también lo fueron y lo son quienes me rodean— lo que puede reconocerse como un "progre". Lo que a Alfonsín le encantaba definir como "izquierda pituca". Lo que los peronistas miraban siempre con desconfianza. Lo que los zurdos a ultranza despreciaban por burgueses. Los que la derecha descalificaba por poco pragmáticos. Un "progre" puede ser trolo, no queda mal. (Aunque haya muchos progres homofóbicos que intentan por todos los medios no parecerlo y no les sale.) Lo que no puede es enamorarse de un chico que votaba a los liberales.

Ahí estaba yo, otra vez, haciendo lo que no debía.

Nico votaba a los liberales porque como yo suponía mucho no le importaba nada.

—¿En serio vos creés que sos mejor persona que yo porque no votás como yo voté? —me dijo, sorprendido y sonriente, una tarde en la que el verano se iba asomando por la tele desde los avisos institucionales de los canales.

–¿Qué hacés vos por los pobres? –me preguntó sin dejarme respirar–. Si lo único que te interesa son tus clases y cobrar a fin de mes y trabajar todo el día para pagar el alquiler y ver si te vas de vacaciones el verano y comprarte discos y libros. No me jodás, Osvaldo. Yo puedo no tener las cosas claras, pero no sos más bueno que yo por eso. Claro que yo no iría a la villa a trabajar, qué sé yo, no me sale, no me da. Pero vos tampoco vas.

Y era cierto.

Yo ya no iba más.

Sí, claro que había ido.

No te olvides que en el 83 entraba en el profesorado. Y si en el 83 no militabas no tenía demasiado sentido vivir.

Eran otros tiempos.

Pregunté qué era lo más revolucionario que había y ahí me hice anarquista. Yo fui anarquista. Malatesta, Kropotkin, Bakunin, La Pasionaria, La-propiedad-es-un-robo y *La Patagonia rebelde*. Me parece que vi *La Patagonia rebelde* más veces que *El Chavo* o *Los tres chiflados* que todavía siguen estando en la tele. Teníamos un Centro de Estudios. El "Centro de Estudios Diego Abad de Santillán" y leíamos números viejos de *La Protesta* para entender "el actual estado revolucionario de las masas". Te aclaro: año 84, el actual estado revolucionario de las masas era Alfonsín pidiendo un médico ahí, pero para nosotros se venía *La Internacional*. Por eso me aprendí un montón de canciones de la Guerra Civil Española: ¡Ay, Carmela!, ¡Ay, Carmela! Tenía cassettes de Los Olimareños, César Isella, Silvio y Pablo, claro, Los Andariegos. Lo mío no era una discoteca, era la llama revolucionaria hecha canción. Llegué a saberme entera la *Cantata Santa María de Iquique*, de los Quila, que era un drama total en donde se mueren todos los obreros que te imaginés. Fui a todas las peñas en beneficio de los compañeros que partían a las brigadas del café en Nicaragua.

A mí lo que más me gustaba eran las asambleas, más

que los congresos, inclusive, porque en las asambleas yo podía sacar a lucir mi natural inclinación para dirigir a las masas. Me acuerdo una famosa asamblea en la sala de actos de Filosofía en donde puse paños fríos cuando dije "Compañeros, no hay que poner los caballos adelante del carro" y ahí me dijeron que si no poníamos los caballos adelante del carro no íbamos a arrancar nunca. Parece que los caballos van, efectivamente, adelante del carro. También dije que a veces hay que saber dar un paso para retroceder dos, porque yo de estrategia mucho nunca supe y me parece que me desbarrancó el inconsciente, y ahí perdí el uso de la palabra en manos de unos troscos intolerantes que pedían la destitución de la portera, colaboracionista con la dictadura, porque la chica se había pasado limpiando todos los escritorios de los profesores y del decano sin nunca hacer una demostración de adhesión a los postulados de la revolución. Finalmente nos pusimos de acuerdo y hasta conseguimos la adhesión del MAS, que adhería tanto, que más que un partido parecía una marca de cinta scotch y ahí fue cuando hicimos la toma simbólica de la fotocopiadora. Ese fue un paso programático muy importante. Con los anarquistas hicimos una votación para ver si hacíamos una biblioteca popular "Diego Abad de Santillán" en el barrio 7 de septiembre, pero resulta que un camarada aseguraba que eso era "poner los carros adelante del caballo". A mí eso de los carros adelante del caballo, o atrás, nunca supe bien, me ponía en éxtasis. Ahí me daba cuenta de que estábamos hablando de algo importante. Podían decir "imperialismo", "colonialismo", "hambrear", "lucha", "bases programáticas", "expoliación", "cipayo", "movilización", "Nicaragua", "El Salvador", "Unicornio", "liberación, teología de la" y hasta "Campo Popular" (que siempre fue difícil de pronunciar porque es como que se te queda la lengua ahí, Campopopular.... Campopular. Todos los que estábamos en el "campopopular" éramos los re-buenos, esa la tenía clara. ¿Vos estás con el campopopular o contra el campopular?). Bueno, te decía, podían decir "campopopular", "brigada", "pequebú", "comité", "centralización", "las consignas" que "había que bajar", "los espacios de poder", "qué cosa fuera Ubaldini sin campera", que nada, pero me decían lo de poner los carros adelante del caballo, o el carro y los caballos o no sé, y yo ya, qué decirte, levitaba, prácticamente. Bueno, con eso del carro y los caballos no pudimos hacer la biblioteca "Diego Abad de Santillán" en el barrio 7 de septiembre porque votamos y en la votación uno de los camaradas votó en contra de la instalación de la biblioteca. Y si la hacíamos coartábamos su libertad de no hacerla. El intríngulis desarmó al grupo anarquista y ahí nos quedamos sin dónde militar, por eso me pasé al PI, el Partido Intrascendente, pero eso ya es otra historia.

Mi generación había pasado por la primavera democrática y eso había dejado una huella fuerte en todos nosotros. Sí, claro, tampoco es que mi generación hubiera pasado por la experiencia de la muerte, como la anterior. Lo nuestro fue casi una caricatura, pero era lo que nos había tocado. En todo caso, así como yo me sentía imposibilitado para entender algunas de las cosas más fuertes de los setenta, no sabía si Nico podía entender lo que nos había pasado a nosotros. Fue la primera vez que noté claramente la diferencia de edad.

Casi nueve años.

¿Era mucho?

¿Estaba bien?

¿Nos podría perjudicar?

Claro, él en el 83 tenía... ¡12 años!

Me sentí el Descuartizador de Milwaukee. Bueno, no. Todavía no había pasado lo de Milwaukee, pero la idea era esa.

¿Me estaba aprovechando de su ingenuidad?

¿Se escapó de la casa de los padres y el único lugar al que podía ir era mi casa?

¿Eso fue?

Lo cierto era que habíamos vivido cosas diferentes y

yo le daba valor simbólico a cosas que tenían otro valor y no me daba cuenta. Nico encontraba diversión en casi todas partes y los discos de Virus le sonaban a antigüedad. A mí me costaba mucho divertirme, sentía culpa de no sé qué, y los discos de Virus eran casi el limite de la diversión que me permitía.

Lo voy a decir una vez y para siempre.

Sí, tengo un pasado psicobolche.

Y no me avergüenzo de él.

Nico no era, no fue nunca, psicobolche. Pero tenía una mirada entre tierna y divertida sobre ese costado mío. Lo de no querer comer hamburguesas en Mc Donald's, o hablar de Yanquilandia, o no pasar mucho tiempo en los shoppings, o seguir llamando Muy Cerca al dentífrico Close Up.

Él hacía todo eso y me preguntaba: "¿Soy peor por esto?". Y yo no sabía qué responder.

Es cierto que comenzando los noventa, que fue cuando nos conocimos y empezamos a vivir juntos, yo ya tampoco hablaba de "campopopular", pero alguna cosa me habrá quedado. En casa se defendía que las empresas fueran eficientes y del Estado y ninguna de mis visitas era privatista. Nico escuchaba, preguntaba, se interesaba cada vez más.

Las canciones me fueron hablando de los cambios que se estaban produciendo en él. Cada vez más le iban gustando las cosas que me gustaban a mí. Y sentí que le estaba mostrando un mundo hermoso, el mejor de los mundos, del que yo quería que él formase parte, sin preguntarle mucho a él si quería o qué.

De a poco se fue alejando de casi todas las cosas que habían ido formando su entorno hasta ese momento.

Y yo estaba cada vez más contento.

Me parecía que si nos gustaban las mismas canciones no habría fuerza que pudiera desunirnos jamás, claro, yo no estaba dispuesto a soportar sus gustos musicales, adolescentes y siempre movidos por los rankings de las radios. Quería que a él le gustara lo que a mí me gustaba. Estaba convencido de que siempre habría alguna canción esperando por nosotros.

Sí, en algún lugar estarán esas canciones ahora.

Lo que pasa es que no las encuentro. Y me quedan pocas ganas de seguir buscando.

Y bueno, alguna mariconada tenía que decir, disculpame.

16. La fatiga de los materiales

Diciembre trajo la hecatombe.

Nico abandonó la facultad de Ingeniería.

No tengo ni tuve nunca ninguna gana de ser ingeniero –dijo de golpe volviendo temprano el día que tenía un examen de una materia que tenía la palabra "estructura" en su nombre. (Debo reconocer que de Ingeniería no entendía ni los nombres de las materias, aunque me causaban gracia algunas cosas que Nico estudiaba, como eso de la fatiga de los materiales.)

Habían sido sus padres los que insistieron con Ingeniería, y él, a falta de algo mejor y para no agregar otro punto de conflicto, metido como estaba en la cuestión de cómo contarles que era gay, se había anotado. Pero no le interesaba.

–No me interesa ni ahí –me dijo, y yo, de verdad, no supe qué hacer.

Es que este chico tenía 18 años y por lo que yo siempre había aprendido, algo tenía que estudiar.

¿Yo tenía alguna responsabilidad al respecto?

¿Tenía que decirle que estudiara?

Por lo pronto también estaba trabajando. Daba clases particulares de inglés en casa. Yo le había conseguido algunos "pacientes" (como les decía él) entre mis alumnos. A los que sabía que estaban flojos en inglés, les recomendaba un profesor bárbaro, joven, que te va a caer muy bien. Los chicos jamás sospecharon que Nico y yo éramos pareja. Ni siquiera supieron nunca que compartíamos el departamento, no sé por qué, pero no me animé a decirles que ese lugar al que iban a estudiar inglés,

87

era también mi casa. Nunca me dejé ver por ahí cuando sabía que ellos estaban.

Nunca quise mezclar las cosas.

—¿Sabés qué? Viéndote corregir los ejercicios de tus alumnos, escuchando cómo hablás de ellos, de tu amor por la docencia y eso, no sé, me parece que me dieron ganas de seguir una carrera docente... —me dijo y yo, mariconazo, me largué a llorar.

¡El fuego sagrado de la docencia también nos uniría!

Lo habían dicho las cartas.

El corregir con rojo, los chismes corrosivos en la sala de profesores, los dedos manchados de tiza, la lucha por el presupuesto, el presentismo, las amonestaciones... tantos temas en común íbamos a tener que no pude parar la emoción.

Al día siguiente ya tenía todos los programas de los diversos profesorados. Estuvimos hasta fin de mes entre Filosofía, Instrucción Cívica e Historia.

Nos decidimos por Historia.

Nico sería profesor de Historia.

Yo ya era profesor de Literatura.

De seguí así podríamos poner un colegio en casa.

¿Cómo iba a saber yo que Nico, siguiendo mi vocación, sin descubrir la suya, me estaba poniendo en el lugar de padre, que no es —como puede deducirse fácilmente— el lugar de tu pareja?

No, no había nada que nos lo anunciara.

Ni él ni yo habíamos empezado todavía terapia alguna.

La terapia vendría después, cuando él intentara saber por qué me había dejado y yo intentase superar la angustia de haber sido abandonado; cuando viniesen todas las preguntas que no nos hicimos en ese momento y los comentarios sesudos, y el intento de racionalizar cada cosa que nos pasó. Y la comprobación asombrosa de que uno es un verdadero ignorante sobre su propia vida y que entonces, cómo pretender entender mínimamente a alguien que no es uno por más cerca que esté. Que vos sos vos, él es él y no hay manera de que él seas vos o viceversa. De que eso de "sos mi vida" es una mentira tan grande como un globo que se infla más allá de lo posible. Y explota. En tu cara.

El problema, dice el doctor Gustavo, mi psicólogo, que los amores perfectos, en donde vos te creés lo de la media naranja, no son perfectos ni amores, son solo "relaciones simbióticas". El psicólogo es el que te explica que lo que vos creías que era sensacional, en realidad, no pasaba de ser una triste enfermedad. Y su trabajo es curarte. Si el amor fuera sano, los psicólogos deberían buscarse otro trabajo.

Pero por el momento, todos contentos.

Era todavía febrero cuando entramos en Casa Tía a comprar dos de cada uno: dos reglas, dos juegos de lapiceras, dos cuadernos, dos carpetas de Garfield, dos gomas de borrar tinta lápiz, dos anotadores, dos lápices.

¡Ah, los lápices!

Se le había ocurrido, no sé por qué, pero se le ocurrían esas cosas, que el que primero gastase el lápiz tenía que hacerle un lindo regalo al otro. Todos los años fue igual. Pasábamos el período lectivo comparando el largo de los lápices. Llegábamos a noviembre con dos pedacitos así, pero ninguno quería dar el brazo a torcer. Era Cecilia la encargada de decretar, cada vez, el ganador. Y las cinco veces declaró empate técnico.

–¡Mirá! ¡Me quedan todavía cinco centímetros y medio! –decía yo orgulloso, mostrando esa porquería en la que el lápiz se había convertido.

Y él escribía con el lápiz casi perpendicular a la hoja, para no sacarle punta.

No te rías, pero me dio como un apuro por encontrar en algún lugar aquellos pedacitos de lápiz. Claro, porque los fui guardando cada vez.

Esperame acá que los voy a buscar.

No los encontré, me parece que es algo más que tengo que dar por perdido, como tantas cosas perdidas con el divorcio.

¿Dije "divorcio"?

¿Pude decirlo?

¿Ves, doctor Gustavo, que tan, tan mal, no estoy? El doctor Gustavo asegura que tengo problemas para enfrentar la realidad. Sí, él me habla porque es gestáltico y los gestálticos te hablan. Pero yo creo que no es que tenga problemas para enfrentar la realidad. Solo que no termino de entender para qué sirve la realidad. Sinceramente, creo que ha llegado el momento de abolir la realidad. ¿O hay alguien a quien le guste la realidad? ¡Vamos! La realidad está de más, es un inconveniente que te hace perder mucho tiempo, que te aleja de las cosas importantes. La realidad es una mierda.

Nico se hizo profesor y toda su carrera la estudiamos juntos.

Tendrías que haberlo visto, enfrascado en sus libros, con los anteojos de marco azul (que a lo largo de su carrera cambió por otros más discretos, negros, porque los de marco azul habían pasado de moda), entusiasmándose con Belgrano, con Castelli, con Artigas. Casi todo lo que ahora sé de historia, lo aprendí de él.

—Nunca supuse que mi vocación hubiera sido la Historia y la docencia, pero estoy tan contento, amor —me dijo el día en que se recibió y yo ya estaba pidiendo nuestra inclusión en el Guiness del Amor.

Y resulta que él ahora no quiere saber nada con la Historia y mucho menos con la docencia. Que esos son rollos, dice, en los que él entró pero que no sabe si le pertenecen a él o a mí.

Sin embargo, en los meses en que fue profesor demostró que era muy bueno. Conseguí verlo como observador frente a varios cursos y de verdad me quedaba enganchado cuando contaba las intrigas de la Junta Grande y las comparaba, por ejemplo, con las internas de un gabinete presidencial cualquiera. Los chicos quedaban locos con sus explicaciones y yo moría de amor escuchando hasta la historia del Tamborcito de Tacuarí, que es tan tierna, pobre Tamborcito.

Y además, cada tanto, me miraba y sonreía.

17. Yo morderé tu empanada turca

Durante años, cada noche, después de ver juntos la novela brasilera que seguíamos por la tele, poníamos un disco, yo corregía los ejercicios de literatura o preparaba alguna clase y él estudiaba. Tan unidos estuvimos que a veces, él corregía los ejercicios de mis alumnos y yo me entretenía con sus libros mientras tomábamos termos y termos de mate amargo hasta que uno de los dos levantaba la vista ya cansado de tanto leer y decía que bueno, que basta por hoy.

Entonces quizás nos dábamos un beso y nos íbamos a acostar.

En los seis años de romance todas las noches que dormimos juntos, nos acostamos al mismo tiempo. Nunca se nos hubiera ocurrido que uno se fuera a dormir y el otro se quedara haciendo algo en el comedor.

No, no sé por qué, pero fue así.

Nos daban ganas de dejar todo e ir acostarnos juntos.

Y hacer chistes sonsos en la cama hasta caer rendidos de sueño.

O ser el primero en pedir: "¿Me traés un vaso de soda rebajada con un poquito de agua?".

Y después otro beso.

Y después jugar a escribir letras de canciones de Los Redonditos de Ricota. (Teníamos una, *Yo morderé tu empanada turca*, que nos hacía morir de risa.) Teníamos un juego que era el de buscar nombres para hipotéticas autobiografías. *Yo me acosté con cada cosa* era una buena. Nico quería que su autobiografía se llamase *¿Qué mirás, puto de mierda?* A mí el título me parecía vendedor solo que un poco fuerte para el mercado editorial del país.

Y un poco de sexo tranquilo y suave con la piel tersa y descansada. Con los brazos rodeando los brazos y las piernas memorizándose, mientras la ciudad se mandaba a guardar para volver a ponerse en venta al día siguiente.

Y quizás despertarse de madrugada y acurrucarse frente al cuerpo caliente del otro, la mejor comprobación de que no estabas solo.

De que eras algo para alguien.

De que alguien en el mundo pensaba en vos.

No, no es que esté triste.

A mí Gustavo ya me lo explicó.

Lo que pasa es que tengo problemas para enfrentar la realidad.

La realidad es que ahora duermo solo.

Y me aburro.

Y no tengo con quién inventar canciones de los Redonditos ni autobiografías truchas.

Pero sacando ese problema lo demás todo bien.

Claro que todo lo demás me importa un carajo, pero eso lo estamos trabajando con Gustavo dos veces por semana.

En serio, yo creo que no me falta mucho para el alta.

18. La venganza de la tía Alcira

Noche de paz, noche de amor. Se acercó la primera Navidad que pasaríamos juntos y era evidente que estábamos hablando de un problema. Con la histeria que se desata para esas fechas, ¿qué hacíamos?

¿Su familia?

Ni pensarlo.

¿La mía?

Tampoco me parecía una buena idea.

Claro que yo no contaba con la complicidad que estaba naciendo entre mi mamá y Nico. En realidad, yo no había pensado mucho en el asunto hasta que Nico me dijo que había arreglado nuestra presencia en la casa de mi abuela.

—Tu vieja es tan piola –me dijo–. Dice que tenemos que ir porque ella ya puso nuestros regalos en el arbolito.

Temí lo peor.

¡Mi vieja comprando un regalo para mi pareja gay!

Por un segundo intenté estar en su cabeza, ¿qué habría comprado? Cualquier posibilidad me aterraba, la Gladys es uno de esos especímenes humanos que a todo le inventa su lado bueno, es imposible encontrarla sin que se esté riendo y en su particular sentido del mundo, ¿cuál habría sido para ella el regalo ideal para "el amigo" de su hijo?

Solo por la promesa de Nico de que si las cosas salían mal, a la una ya podíamos salir corriendo, fue que dije que sí. Pero no pensaba hacer ninguna otra concesión. Cuando Nico me pidió que preparásemos algo para llevar, me pareció demasiado.

Nos pasamos la tarde del 24 haciendo el postre ese con vainillas en vino y polvo Royal de chocolate. En eso estábamos cuando llamó Juan Carlos.

Juan Carlos es un primo mío al que yo quiero muchísimo. Tiene mi misma edad –dato raro, nunca estuve enamorado de Juan Carlos y nunca jugué al doctor con él– y es un tipo bárbaro. Como Roberto, siempre supo "lo mío" y fue de gran ayuda en los momentos terribles de mi adolescencia.

–Osvaldo, ¿vas a la fiesta de la familia? –me preguntó Juan Carlos, y me dio la impresión de que venía muy mal.

–Sí, ¿por? –pregunté.

Y entonces me contó su drama.

Mi primo venía atropellado, se terminaba de separar, andaba con los chicos a cuestas –tenía tres nenes lindos– e intuía que iba a ser el objeto de misericordia de todas las tías. No podía faltar. (Los chicos no le hubieran perdonado y además en el reparto de fiestas, a él le tocaba jugar de Papá Noel con los pibes, la ex sabía que para Año Nuevo no se hacen regalos, por eso le dejaba a los críos para Navidad.)

Lo pasamos a buscar por su casa.

Nico y Juan Carlos no se conocían pero se llevaron bárbaro de entrada. Y el "tío Nico" fue el preferido de los chicos de Juan Carlos. No sé, parecíamos contentos, y eso que teníamos encima nada menos que el drama de la Navidad familiar. ¿Por qué no harán como con el carnaval que lo sacaron del almanaque? ¿Qué pasaría si de golpe dejamos de festejar lo que no se puede festejar?

La película de la Navidad empieza, en mi familia en todo caso, con el primer llamado a la casa de mi mamá, más o menos para la época en que se arma el arbolito.

–¿Qué hacemos este año? –pregunta la tía Rosa, como si no supiese que este año, como todos los años, vamos a ir a la casa de los abuelos ("es que… puede ser la última vez, ¿sabés? Viste cómo está el nono", chantaje emocional que está en el germen del ser nacional), va a haber sanguchitos de miga, se van a envidiar los éxitos ajenos, la tía Ana va a hacer ese fiambre que ella asegura que le sale tan bien, vamos a pasar por el lechón, el pollo, alguien decidirá drásticamente que el lunes comenzará una dieta imposible, alguien se enojará terriblemente por la cantidad de alcohol que lleva el clericó, la nona insistirá con los pandulces que jamás le han salido y así hasta las dos de la mañana, cuando todo agonice y cada cual quede con una noche más y, ¿quién se va a animar a decir que fue buena?

Claro que esta fiesta tenía para mí el agregado de la presencia de Nico conociendo a toda la familia, la familia conociéndolo a él, la catástrofe de mi primo Juan Carlos y algo que yo desconocía al momento de llegar: la broma cruel de mi tía Alcira para toda la familia.

Apenas llegamos con el postre de las vainillas, mamá salió a recibirnos. La fiesta era en el patio enorme de la casa del abuelo en Barrio Belgrano, a tres cuadras de la casa de mis viejos. Pasaban los vecinos a saludar y todos me decían eso de que me habían tenido en brazos y que los chicos crecen y yo, que casi tenía 27, me sentía un flor de pelotudo. La presencia de Nico no pasó inadvertida para las calentonas de mis primas, y dos o tres vecinitas que estaban revoloteando por ahí, preguntándonos si íbamos a ir a bailar a algún lado después de la fiesta, y si estábamos en auto, por qué no íbamos hasta La Florida, que iba a haber baile en el río hasta el amanecer y cosas así.

Mi mamá salvó la situación, tomó del brazo a Nico y muy discretamente, le fue nombrando a cada uno de los integrantes de la familia. Solo mordiéndose fuertemente el labio inferior fue que Nico pudo no reír con cada acotación que la Gladys hacía sobre mis tíos, mis primas, mis ex vecinos.

—Tengo el regalo para ustedes, chicos —dijo mi mamá y yo temblé.

Lo más discreto hubiera sido un juego de lapiceras para cada uno, una caña de pescar, unos pares de medias.

Pero la Gladys no era de lo más discreto que había en madres en plaza. Ella no dijo una palabra de nuestra relación a nadie, pero tampoco pensaba cambiar su concepto. Y su concepto era que su hijo estaba como casado. Y, ¿qué se le regala a una pareja de casados?

Una colcha de dos plazas.

¿Hay algo más botón que una colcha de dos plazas?

No, no hay.

Bueno, sí, hay.

Una colcha de dos plazas con volados.

¿Cómo se justifica el regalo de una colcha de dos plazas con volados a dos amigos, como habíamos sido presentados?

No se justifica y eso era lo que mi mamá quería.

No justificar nada.

Una vez más encontré excusas para mi edipo.

Una de las sorpresas para las que no estábamos preparados era la venganza de la tía Alcira a la pregunta: "¿Para cuándo el casamiento?". Según Nico, la tía lo hizo con la mejor de las intenciones y no le salió. A mí me parece que hubo algo de maldad en su acto, pero nunca nos pudimos poner de acuerdo. Lo que sí, en principio fue muy gracioso. La tía Alcira se apareció con su "novio" colgado del brazo.

El "novio" era Andy, un amigo gay con la apariencia viril de un bailarín de Madonna. La abuela estaba encantada con el muchacho, tan gentil y cortés. Su presencia, en todo caso, sacó peso especifico a la de Nico, cosa que por supuesto le agradeceremos para siempre.

Mi primo Juan Carlos no tenía ánimo ni para reírse y la situación se estaba poniendo tensa.

La tía Alcira hablaba de cachapés y TC con un tío de Villa Mugueta, cuando apareció otra tía, tía Lita, viuda ella, con dos hijos adolescentes. La catástrofe estaba cerca. El más chiquito de los pibes enseguida se fue a jugar con los hijos de mi primo y si no se sacaron una mano con los petardos fue porque evidentemente no todo tenía que salir mal esa noche. La madre de mi primo, en-

vuelta en una angelical nube de pedos, le preguntó a
Andy para cuándo los confites. Andy se largó a reír,
atragantándose con los sanguchitos de miga (que, claro,
estaban secos como una cartulina por el corte de luz). La
buena señora no entendió pero dijo "esta juventud".

Conmovedor.

Nico empezó a toser y salió corriendo para la vereda.
Cuando lo fui a buscar, sin parar de reír me dijo:

—¿Dónde está la cámara de Almodóvar?

Mi viejo miraba a su familia con algo parecido al pavor.
Había creído en todos los valores que te puedas imaginar
y encontrarse a los sesenta rodeado de desconocidos no
le hablaba de su fracaso. Simplemente lo llenaba de un
asombro temeroso sobre la vida y sus alrededores. Al comienzo había intentado entrar en todas las conversaciones, ser gentil y cortés, pero a medida que las botellas
iban bajando, fue apartándose de la charla y poco después de la medianoche, sólo emitía un ladrido de cuando en cuando. Imposible imaginar qué cosas corrían por
esa cabeza mientras su hermano contaba una y otra vez
lo acertado que había estado en la compra de unos pa-
quetes turísticos para Cancún, que estaba vendiendo a
precio de oro. Escuché largamente a un señor que no sé
quién era, hablar de los beneficios de la globalización y,
fundamentalmente, de la necesidad imperiosa de que
caiga Fidel.

—A usted, joven, que es profesor, qué le parece, ¿no es
así? —me largó el tipo, muy seriamente.

Lamento decirlo, hermanos cubanos, no tuve ganas
de discutir.

Hice un gesto que supongo puede haber tomado como
una aprobación. Pero decirlo, no lo dije.

Ahí apareció otra vez el tío que hablaba de turismo diciendo que nadie quiere ir a Cuba porque te piden biro-
mes y genioles todo el tiempo.

—Claro, para ver miseria te quedás acá —contestó el
reaccionario que minutos antes había alabado al Gobierno nacional, diciendo que acá miseria no había. El abue-

lo, lejos de su mejor forma, insistía en destapar botellas de sidra Rama Caída con tan buena puntería, que terminó abriéndole una ceja al hijito más chico de mi primo.

Ahí estaban los Campanellis sumergidos en ácido, el retrato vivo del ser nacional.

De repente, la calma que precede la tormenta.

Un silencio de conversaciones deshechas y un cohete, y un perro, y nada más.

El timbre a las doce menos cinco del 24, solo puede traer desgracias. Ahí apareció la ex de mi primo, completamente borracha, dispuesta a poner las cosas en su lugar.

—¡Siempre fuiste un cornudo! —le gritó, mientras los chicos se reían, las tías se miraban espantadas y el pobre tipo intentaba llevarla para afuera sin ningún resultado positivo.

Además, era cierto.

Siempre fue un cornudo, aunque a él jamás le importó, pero esa es otra historia.

Como los dramas nunca vienen solos, cuando por fin mi primo sacó a la loca a la vereda (para que te des una idea, a la mina le decíamos "la mancha voraz" porque todo lo que tocaba lo contaminaba), en medio del silencio alguien notó la falta de Andy. Su "chica" se impacientó cuando notó que no era la única ausencia.

Pasó lo que tenía que pasar.

La tía Lita se ofreció gentil a lavar los vasos para reutilizarlos con el clericó, cosa de pasar el mal trago. La cocina estaba atestada de mujeres comentando los cuernos del pobre muchacho, y mi tía Rosa diciendo "nadie muere mocho", por lo que la viuda se llegó hasta el lavaderito del fondo.

La pobre no pudo olvidarse jamás la imagen del mayorcito de sus hijos, un adolescente granoso, montándose a Andy, que no paraba de reír.

Claro, ahora puede sonar divertido, pero en aquél momento fue la ruina de la familia. La fiesta se desintegró en dos minutos. Nosotros, por las dudas, agarramos el

Taunus, la colcha de dos plazas con volados y nos fuimos rápido, a dar una vuelta por ahí y tomar unos tragos para festejar el nacimiento del Niño Dios.

Desde esa vez, Nico, todos los años, arregló con mamá nuestra presencia en la fiesta familiar del patio de la casa del Barrio Belgrano.

La tía Alcira vive en España. Bien. Es manager de una corredora de autos.

Mi primo Juan Carlos volvió con su ex. Ella entró en Alcohólicos Anónimos. Él también.

El hijo mayor de mi tía Lita se metió en el Ejército.

Los fines de semana los pasa con Andy.

Tienen dos perros, pero creo que no van a durar mucho.

19. El chiste del administrador

Sin haberlo pensado, con Nico nos convertimos en una pareja gay. Jóvenes y simpáticos, dinámicos e inteligentes, bellos (bueno, él) y divertidos.

Si los vecinos del edificio hablaron alguna vez a nuestras espaldas, nosotros nunca nos enteramos.

Con nosotros todos fueron corteses y discretos. No daban a entender que sabían de qué se trataba, pero tampoco lo contrario.

No sé cómo explicarlo. Como "bueno, chicos, es la vida de ustedes, no nos cuenten, pero no tenemos problemas".

La señora del 4° B nos pedía el teléfono y se quedaba a charlar sobre los problemas de su familia (que eran muchísimos y siempre tenían como centro alguna enfermedad incurable, pobre), el pibe del 3° D nos prestó la agujereadora y vino a ver él mismo cómo había quedado la cortina que puso Nico y nos invitó a su casamiento con la novia de toda la vida. La chica del matrimonio del piso de abajo nos usaba como conejitos de indias para los postres que le preparaba al marido y solo después de nuestra aprobación se los servía al "Firo" (apodo que nunca entendimos). Las chicas del piso de arriba (que me juego las bolas, se querían transar a Nico, pobres) solían venir a hacernos preguntas de historia, filosofía o literatura.

Vamos, que todos sabían que éramos los putos del edificio, pero nadie se sentía ofendido, muy por el contrario. Era como un toque sofisticado que se permitían. Sí, claro, el progresismo se les hacía más fácil porque ni Nico ni yo éramos amanerados y porque el departamento no se llenaba de locas de plumas llevar, que si no, a ver cuánto les duraba la tolerancia. Pero bueno, tampoco me puedo quejar porque nunca me dieron motivo. No preguntaban, no contábamos. Sí, hipocresía, pero al menos no jodían.

Los vecinos no fueron ningún problema a lo largo de los años y la única actitud extraña que una vez noté fue en una reunión de consorcio.

Estábamos en el palier del edificio varios consorcistas comentando el caso del vecino de nuestro inmueble, un viejito que tenía una casa cuyo patio estaba justo debajo de las ventanitas de los baños de nuestros departamentos. El viejito se venía quejando porque decía que le tiraban "cosas" desde el edificio y había amenazado con poner una denuncia. Las "cosas" que el hombre describía (y guardaba en una cajita que mostraba indignado a don Francisco cada mañana) iban desde frasquitos vacíos de shampoo y cremas de enjuagues, hasta preservativos usados, un casette roto y una mortadelita medio verde. El administrador (un bello ejemplar masculino de bigotazos y brazos así de grandes), en medio del círculo de consorcistas, dijo: "Me dijeron que el viejito es medio señorita, así que por ahí voy yo y arreglo todo". Se rió de su propia gracia y como si yo hubiese dicho algo, todos se dieron vuelta y me miraron tan disimuladamente que me puse colorado.

La esposa del Firo le pegó un pisotón al administrador, quien también se quedó mirándome sin saber qué decir.

—Hay que ver el asunto ése de las filtraciones en el décimo —dijo enseguida el pibe del 3° D, para sortear el inconveniente y del tema no se habló más.

Como nadie hizo nada, el vecino puso una denuncia y creo que todavía está en juicio.

Yo juro que nunca tiré nada por la ventanita del baño.

20. El casamiento

Sin jurisprudencia a la que poder remitirse, sin promesa matrimonial, sin despedidas de solteros, ni arroz, ni luna de miel en Los Cocos, Nico y yo tuvimos que descubrir juntos cuáles eran los inconvenientes de ser una pareja gay. A algunos los superamos, a otros no, pero todos fueron parte de una revelación que tuvimos que hacer solos porque a nuestros hermanos, a nuestros padres, a nuestros primos o a los protagonistas de las películas que veíamos por la tele o en el cine no les pasaban las cosas que nos pasaban a nosotros.

A las parejas que conocíamos, por ejemplo, la familia les regalaba todos los muebles para el casamiento. Nosotros, excepto la colcha con volados de aquella increíble Navidad, tuvimos que hacernos cargo de todo el ajuar. Nadie nos regaló nada. Ni los amigos cercanos porque ninguno se creyó en la obligación. Claro, que como contraprestación teníamos a favor que nuestras respectivas familias no se metían en el día a día de la pareja. Después de los ataques ováricos de su familia, después de la desubicación congénita de la mía, no tuvimos que soportar demasiado más.

—¿Y si yo me muero, qué pasa con los muebles y con lo que tenemos ahorrado? —me dijo Nico una tarde de domingo de otoño, mientras mirábamos pasar los barcos de bandera griega por el Paraná, sentados en las escalinatas del Monumento a la Bandera.

Me imaginé a Manu desinfectando nuestro equipo de música y devastando la discoteca al grito de "¡este era de mi hermano!".

Conocíamos el caso de Mariano y Alberto.

Vivieron juntos más de diez años. Mariano tenía algo de dinero y un departamento nuevo cuando se conocieron. Alberto se fue a vivir con él y sumó su sueldo de cajero de banco a lo que Mariano tenía y desde ese momento compartieron todo, incluso la enfermedad de Mariano. Alberto estuvo ahí, en esos momentos terminales, sorteando decisiones burocráticas del sanatorio, que le hacían difícil recibir información sobre Mariano. Cuando volvió del entierro no pudo entrar a la casa. La familia de Mariano aprovechó la ceremonia fúnebre para cambiar las llaves de todas las puertas. Le dejaron en la vereda un bolsito con ropa. Para las leyes, la familia de Mariano tenía razón y Alberto no era más que un intruso. Un usurpador. Un puto.

—Nosotros no estamos juntos porque hayamos firmado nada, ni porque nuestras familias quieran, ni porque nos convenga demasiado, ni porque fundemos nada, ni porque los hijos o las apariencias —dijo Nico. Yo no estaba tan profundo y, de verdad, en ese momento solo me importaba bajar las escalinatas del monumento para ir a buscar una manzanita con pochoclo y preguntarle al vendedor cómo iba Central.

—Eso es lindo, pero es peligroso, también —dijo.

—¿Peligroso? ¿Por?

—Y, ¿a cuántas parejas conocés que están juntos solo por los papeles, por los hijos o por las apariencias?

—¿Y?

—Que como a nosotros esas cosas no nos unen, ni nos obligan, ni significan nada, cuando no nos querramos más, no vamos a tener más excusas para estar juntos. ¿Será por eso que las parejas gay duran menos? ¿Será porque somos menos caretas y si no nos une el amor, preferimos decir chau antes que amargarnos la existencia?

—¿Te querés casar? —le pregunté.

—No, creo que no. ¿Qué es casarse? ¿Qué es...?

No escuché el final de la pregunta porque fui a buscar una manzanita. No había más. Pero volví con dos espu-

mas de esas rosas con gusto a nada y azúcar y ahí estábamos. El vendedor me contó que Central le ganaba uno
a cero a San Lorenzo. Gol del Puma Rodríguez. Pero los
cuervos son amigos.

—¿Cómo va Central? —preguntó Nico cuando llegué
con la espuma.

—Uno a cero, el Puma.

—¡Ah! —dijo, pero no estaba pensando en el partido ese
domingo—. ¿Nos casaríamos?¿Qué cambiaría?

—Pero si no podemos...

—Ya sé, boludo, pero, ¿y si pudieras?, ¿te casarías?

Nunca había pensado el asunto, porque después de la
experiencia con Sandra ni se me pasaba por la cabeza
algo así.

—No, creo que no... El casamiento es una institución...
heterosexual —dije.

—Y bastante quilombo les ha traído como para que
querramos imitarlos, ¿no? —Sonrió.

—Sí, porque... aparte, ¿qué es esa desconfianza que los
lleva a inventarse así, un montón de obligaciones como
por las dudas, para tener más razones para no separarse?

—Sí, y así y todo separarse... —agregó Nico mientras la
espuma rosa se nos pegaba en la cara por la brisa que venía del río.

—No sé si es medio sonso, pero me parece que si el
amor no alcanza, no alcanza nada. No sirve nada.

—Es como que si yo no creo en tu palabra y vos no
creés en la mía, ¿qué sentido tiene? ¿Pagar la mitad del
alquiler? ¿Y por eso vas a compartir tu vida con alguien?

—Quedate en una pensión, ¿no? —dije y enseguida supe
que tanto Nico como yo estábamos pensando en Mariano
y Alberto.

—Me contó Germán —un compañero suyo de estudios—
que lo que se puede hacer es un testamento.

—¿Y cómo?

—Yo te dejo a vos todo lo que es exclusivamente mío y

viceversa. Él lo empezó a hacer con Claudio. Dice que los trámites son largos y tediosos y tenés que aguantar la carita de "yo sé por qué lo hacen" que te ponen los escribanos, pero eso no es problema. Por ley, tenés que dejarle un cuarto de lo que tenés antes de hacer el testamento a tus viejos, tu esposa o tus hijos. Todo lo demás, lo podés dar a quien quieras.

—¿Haríamos eso? —pregunté y me puso contento de solo pensar que él me diría que sí.

—Creo que sí, creo que sí. —No me vas a creer pero antes de irse Nico estaba averiguando cómo teníamos que hacer, ¿ves que es algo que le dio de golpe, algo que comió?

—Pero entonces —preguntó Nico—, ¿por qué se casa la gente?

—No sé. Quizás sea que la gente se casa más por los demás que por sí misma. Me parece que casarse no es un compromiso con tu pareja. Es un compromiso con tu familia, con tu patria, con tu tradición, con tu propiedad, con tu jefe, con tu dios, con tus amigos, con tus hijos, con tus colegas. Como que es tener todos los papeles privados en regla para que nadie desconfíe de vos. Para que sepan que con vos está todo bien. Si no, no te mirarían tan mal cuando después de los treinta ponés "soltero" en los formularios.

—Algo así como que, básicamente, que te cases es lo que se espera de vos.

—Y fijate, si hasta el Estado, que no larga un peso nunca, te paga para que te cases.

—¿La gente se casa porque el Gobierno quiere?

—Y sí, también. Serán dos pesos pero no vienen mal. ¡Qué chantaje, dejame de joder! ¡Te pagan para meterse en tu vida privada!

—Y lo peor es que a nadie le indigna, ¿podés creer?

Nos reímos un rato, y el río se iba perdiendo en las islas azules.

Entonces Nico, que se estaba apasionando con el tema, siguió:

–De verdad, de verdad, a los heterosexuales, ¿de qué les sirve el casamiento, aparte de las cuestiones legales, que ahora ni eso, porque en cualquier momento van a legitimar los concubinatos? ¿Los hace felices? ¿Los vacuna contra las infidelidades, contra los fracasos, contra las penas? ¿Les ahorra algún dolor? Aparte de conseguir que les regalen cinco veladores y la frazada Palette de dos plazas cremita, ¿para qué se casa la gente? –me preguntó sin esperar respuesta, mientras mirábamos el palito que había quedado de la espuma rosa y las manos se nos pegoteaban con un líquido rojo.

–Bueno –agregué–, pero, ¿te vas a tirar contra el matrimonio por eso? ¿Y qué van a decir los fotógrafos sociales, los que preparan los ramos y vestidos de novia, las agencias de turismo con los viajes a Guarujá o Bariloche, los remiseros, las casas de fiesta, el dj que te aturde con el carnaval carioca para que tus tíos se pongan la corbata en la cabeza y griten "pepé pepepé, pepé, pepepé", los vendedores de cotillón?

–Y aparte –dijo Nico parándose–, ¿a quién le importa el casamiento a esta altura del partido?

–A tu mamá –contesté, también parándome. Bajábamos las escalinatas del monumento, se venía el acostumbrado paseo por Avenida Belgrano hasta el Parque Urquiza.

–Sí, pero si sos gay, a tu mamá mucho no le va a importar. El Estado no piensa darme un peso si le aseguro que voy a hacer lo posible y lo imposible por vivir toda la vida junto al mismo chico.

–Bueno, el Estado, en realidad, no quiere ni pensar en esa posibilidad, ni nos deja elegir eso.

–Entonces, ¿qué tenemos que pedir leyes que permitan el casamiento homosexual? ¡Que se vayan a cagar! ¿O vamos a repetir los mismos errores que ellos? Con un buen testamento, ya está. O un contrato de unión civil. ¿Por qué el Estado se va a meter con mi sexo, o con mis afectos?

Y empezamos a caminar por la avenida, bajo los jacarandaes que largaban un algodón sucio. Frente al edificio recién pintado de Canal 5, me acordé de una cosa del comienzo de la conversación que en su momento se me había escapado.

—Che, Nico, ¿vos tenés pensado dejar de quererme? —pregunté y casi que me veo riendo.

—Qué sé yo.

—¿Cómo qué sé yo? —Y ya estaba un poquito intrigado—. Si yo sé que te voy a querer siempre.

—No, Osvaldo. No lo sabés. Por ahí mañana se te cruza alguien que te interesa más, alguien que te reviente la cabeza o lo que fuere y listo, chau.

—¿A vos te parece que puede pasar algo así?

—Sí, tanto a vos como a mí —me dijo—, no digo que vaya a pasar, digo que no es imposible.

—No, para mí es imposible. Yo ya no voy a poder enamorarme de nadie.

—No lo asegurés que no lo sabés.

—Sí lo sé —dije.

Y al mes, como podés intuir porque me estoy poniendo previsible, me enamoré completamente de Frodo.

Y me tembló todo.

Y Nico me importó un carajo.

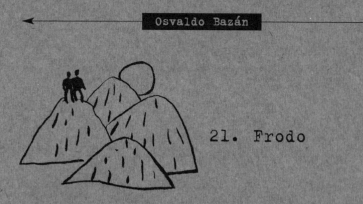

21. Frodo

"Libros para Vivir" se llamaba el taller que junto con una compañera del profesorado —Alicia, no sé si te acordás, la que me insistió con Sandra hasta que supo la verdad y me pidió perdón, horrorizada con las actitudes de su ex amiga— habíamos creado. Era una actividad extracurricular, en donde los profesores de Lengua y Literatura incentivábamos en los pibes la lectura de escritores contemporáneos argentinos y latinoamericanos. Ese trabajo es una de las cosas que hice que más orgullo me ha dado.

Tuvimos que ir a presentarlo a un congreso que se hizo en La Falda, en una especie de polideportivo gigantesco, que por lo que sé, también usan para la fiesta provincial del alfajor y los festivales de rock.

El congreso duraba tres días intensos, de viernes a domingo, y no nos dejaba espacio para otra cosa más que las reuniones de trabajo, las ponencias, las conferencias y las discusiones en comisión. Era la primera vez en dos años que me despedía por tanto tiempo de Nico, que nos acompañó a la terminal en Rosario y no paró de tirarme besos riendo desde el piso, mientras yo le respondía desde la ventanilla, también riendo.

Alicia, cuando el colectivo arrancó, me dijo:

—¿Cómo me pude equivocar tanto con Sandra?

—Y bueno, todos nos equivocamos con Sandra —dije y reímos.

Nos alojaron en un hotel simpático, cerca de la terminal. El trabajo fue muy bueno, pero agotador.

El sábado a la tarde, con un fuerte dolor de cabeza, decidí volver al hotel a hacer una siesta. Al pasar por la Avenida Edén se me ocurrió recorrer un poco y ver si encontraba algún regalo horrible para Nico. Coleccionábamos esos "recuerdos de", y cada vez que alguien viajaba a algún lugar turístico le pedíamos que nos trajese la virgencita de caracoles, el gauchito de ónix, o el platito de plástico de Entre Ríos, (uno muy simpático que nos trajo Roberto de Banco Pelay, en Concepción del Uruguay, que tenía pintado el escudo de la provincia, los Palmares del Colón y el Túnel Subfluvial, pero estaba con la pintura corrida. Roberto dice que tuvo que pelear con el vendedor porque quería darle uno "bueno" y él insistió para que le diera el de la pintura corrida). Te imaginarás que la Avenida Edén de La Falda estaba llena de esas cartucheras de cuero cosidas con plástico, el destapadorcito del nene que mea y el señalador de cuerina con "El chorrito", atracción turística que consiste en eso, un chorrito.

Compré un burrito alfiletero y entré en una galería abierta a tomar algo. Me senté a una mesa en medio del lugar. A mi lado, un grupo de barbudos hablaban del Presidente de la Nación (mal) y de García Márquez (bien).

La acción comenzó cuando llegó un chico que no tenía, creí, más de 17 años. Venía de jugar al fútbol, llevaba pantaloncitos y camiseta blanca, estaba todo transpirado. No tenía frente amplia, ni cuello largo. Era petisito, tenía barba de unos días y parecía fuerte. Se sentó entre los mayores y con total naturalidad se incorporó a la conversación. También habló mal del Presidente y bien de García Márquez. Sin que lo pidiera –o al menos yo no lo vi, y eso que no le saqué los ojos de encima en todo el tiempo que estuve ahí–, el mozo le trajo una enorme hamburguesa con todo lo que te imaginés, una coca grande y papas fritas que se comió rapidísimo, todo regado con abundante mayonesa. Pese a que, como dije, no le saqué la vista de encima, no notó mi presencia.

Y bueno.

Una pena, no me hubiera molestado una aventura extramatrimonial, me dije.

Me fui pensando que no iba a verlo nunca más y que jamás sabría su nombre, ni nada más de él.

A la noche hubo una especie de peña de confraternización, o algo así en un bar muy lindo, como antiguo. A Alicia la perdí de entrada, entusiasmada como estaba con un porteño profesor de Semiótica.

Lo que significaba que al hotel no podía volver.

Me senté en una mesa larga con jarras de vino y empanadas. Sonaba el último disco de Spinetta y justo al lado mío viene a sentarse un chico de no más de 17, petisito, con barba de unos días y que parecía fuerte.

Era él.

Cantaba a los gritos la canción de Spinetta *Seguir viviendo sin tu amor*. A mí Spinetta nunca me había gustado demasiado y si bien tenía más o menos clara su carrera, y lo respetaba como un gran creador, no estaba en el lote de mis preferidos. Siempre fui más de Charly García. Pero el chico este, se notaba, era un fanático del "Flaco" y supuse que era por ahí que había que empezar. Claro que yo también canté, como pude, haciendo "lalalá" en las partes que no sabía (y él sí sabía). Cuando la canción terminó me di vuelta y quedamos cara a cara porque él también se había dado vuelta.

—Es Dios —dije, señalando el aire, en donde se suponía que todavía estaban los últimos compases de la canción de Spinetta.

—Y no tiene ateos —me contestó, apuñalándome con su sonrisa, su gracia, su inteligencia y todas las virtudes humanas que le descubrí en el brillo de sus ojitos negros, negros. Entonces me enamoré, así, de golpe, como me gusta a mí.

—¿Qué hacés acá? Vos profesor no sos.

—No, soy presidente del centro de estudiantes de mi colegio, acá en La Falda.

La conversación que tuvimos es, de todas las cosas que me pasaron en la vida, uno de los recuerdos más nítidos que tengo. Me acuerdo de las inflexiones de voz, de las cejas que se le juntaban cuando decías cosas "serias", de los ojos que abría cuando le contaba mi proyecto "Libros para Vivir".

A nuestro alrededor, la música de los bafles se había terminado porque los profesores, mal acompañados por guitarras desafinadas, cantaban patéticamente canciones de Sui Generis y de Almendra. Algunos se metían con Víctor Heredia, con Silvio Rodríguez, con Pablo Milanés. Todos los psicobolches del país se habían hecho profesores de Literatura.

—¿Vos también sos psicobolche? —me preguntó sonriendo.

—No —dije.

—Ah, menos mal. Es difícil hablar con los psicobolches, siempre quieren tener razón.

—Todos queremos tener razón.

—Pero los psicobolches, más —dijo y rió.

Estaba muy entusiasmado con el congreso, estaba pensando seriamente en seguir la docencia cuando acabase el colegio. Tenía 17 y estaba en quinto. Tomábamos el vino barato de la damajuana y a cada rato saludábamos a la gente que habíamos ido conociendo en esos pocos días.

—Che, acá hay demasiada gente y no se puede hablar tranquilo, ¿vamos a otro lado? —preguntó.

—Claro, claro.

Salimos a caminar por la ciudad que estaba envuelta en una transparencia rara y luminosa. Entramos a un bar a las pocas cuadras, un bar en una esquina. Pedimos cerveza. Ahí me di cuenta de que no sabía su nombre.

—¿Cómo te llamás?

—Frodo

—¿Por *El señor de los anillos*? —pregunté.

—Sí, ¿lo conocés?

La pregunta tenía sentido porque todavía no se habían filmado las películas y la historia de las batallas contra Saurón no era lo popular que fue después. En ese momento, todavía era un conocimiento para iniciados. Durante años, *El señor de los anillos* fue mi libro de cabecera, mi oráculo, mi guía. Releí los tres tomos no sé cuántas veces y cada vez me enamoraba más de Frodo y su misión imposible.

"Cuando el señor Bilbo Bolsón de Bolsón Cerrado anunció que muy pronto celebraría su cumpleaños centésimo décimo primero con una fiesta de especial magnificencia, hubo muchos comentarios y excitación en Hobbiton", cité de memoria.

—¡Así empieza el primer tomo! ¡Lo sabés de memoria! —exclamó con alegría Frodo.

—¿Cómo no me voy a acordar si es el libro más impresionante que leí en mi vida?

Seguimos hablando durante horas, el sol parecía a punto de estallar desde algún costado de la ciudad.

—Para mí la provincia de Córdoba con las sierras y los laguitos es un embole —dije, porque aunque me moría de excitación por llevar la conversación a terrenos más personales, no tenía ni idea de cómo hacerlo. Frodo hasta el momento no había dado ninguna señal con respecto a su identidad sexual—, será porque tenía que venir todos los años en las vacaciones con mis viejos.

—Sí, supongo que para los turistas que van al Chorrito o les muestran el CúCú, debe ser medio hinchapelotas, pero acá hay otras cosas que los turistas no conocen, cosas lindísimas.

—¿Por ejemplo?

—Y... qué sé yo, caminar por las sierras cuando está por amanecer es una experiencia increíble aunque ningún tour te lleve.

—Bueno, pero para eso tenés que tener un guía que te acompañe.

—Sí, claro. Yo lo hago seguido.

—¿Qué? ¿Sos guía?

—No. —Rió—. Eso de caminar por las sierras al amanecer.

—¿Me acompañarías? —pregunté, y agregué mirándolo fijo—: Solo falta media hora para que salga el sol.

—¿Quisieras?

—Claro.

Y salimos, otra vez caminando por la Avenida Edén, ahora hacia las sierras. No lo podía creer. ¡Estaba caminando con él! Y encima se llamaba Frodo y encima todo lo que tenía encima la situación. Y encima dijo:

—¿Me viste hoy en la galería?

—¿Qué?

—En la galería, hoy vos fuiste a la galería, ¿o no?

¡Me había mirado! ¡Se había fijado en mí!

—¿Vos no pediste un agua mineral con gas, hoy, en la galería, a la tarde? —insistió.

—Sí, y te vi.

Sonrió.

Sonreí.

Si alguien me hubiera preguntado por Nico en ese momento hubiera contestado "¿quién?".

Dejamos atrás la avenida, las últimas casas, un hotel un tanto kitsch que parece que había sido refugio de los nazis después de la guerra. Subimos por un camino sencillo con florcitas a los costados. El amanecer se anunciaba en el aire pero todavía no podía verse demasiado.

¿Cómo empezar a hablar de lo que me estaba pasando?

¿Cómo preguntarlo?

Algo tenía que hacer porque si la situación seguía así yo corría el riesgo de abalanzarme sobre Frodo y su pelo brilloso que le caía por la frente y que casi le tapaba los ojos.

—¿Y con quién vivís en Rosario? —me preguntó, y ahí si me acordé de Nico, pero como un obstáculo, ¿o sería la puerta abierta para hablar de lo que tenía que hablar?

—Con mi pareja. —Silencio—. Soy gay.

—Ah, sí. —Silencio.

¿Por qué seguir caminando? ¿Qué carajo me importaban esas sierras llenas de espinillos y yuyos y pozos y animales? ¿Me abalanzo? ¿Cómo hago para frenarme?

—¿Te molesta? —pregunté, mirando el camino.

—No, no, claro que no.

–Vos... –Y pude ver los tres puntos suspensivos que le dejé a la frase corriendo sierra abajo y perderse en un arroyito allá al fondo.

–¿Eh...? ¿...yo? Yo... –Y él también veía enormes puntos suspensivos por todos lados que nos pasaban por encima y se confundían con el sol que todavía no salía–. No... yo no... No... nunca. O sea... no...

Las putas sierras como testigo de nada. Porque no pasaba nada. La conversación no avanzaba para ningún lado, yo ya intuía que no me iba a abalanzar y que se venía el día y el final del congreso y otra vez Rosario y la misma vida de siempre que en algún punto estaba perdiendo gracia y yo no lo sabía y los colegios, los ejercicios, Nico, la colcha con volados y los cada vez más esporádicos encuentros con Roberto, que desde que se había casado estaba tan ocupado que apenas nos veíamos. Y el cine a mitad de precio los primeros días de la semana. Y el diario del domingo, el paseo por la Avenida Belgrano, la noche con pizza sin champán.

El silencio del momento previo a la salida del sol.

Y nada más.

De repente, sin que yo supiese por qué, Frodo preguntó:

–¿Leíste *Alexis o el tratado del inútil combate* de Marguerite Yourcenar?

Recordé que para mi cumpleaños alguien me había regalado ese libro pero nunca lo había leído. No sé, era un libro chiquito, de esos que te da gusto leer un fin de semana de invierno, pero siempre lo fui dejando de lado y no, no lo había leído. Yo y mi maldita manía de seguir siendo un adolescente toda la vida, siempre con *El señor de los anillos*, las épicas de elfos y orcos, ¿cuándo me iba a poner serio y leer cosas de gente grande? No entendí por qué Frodo estaba interesado en ese libro, justo ahí.

–No, ¿por?

–No, por nada, decía nomás.

Salió el sol y yo no le había tocado un pelo y retomamos el ritmo de la charla, pero no el hilo que me interesaba. Volvimos despacio y era verdad que el aire claro de esa hora producía cierto mareo mágico, cierto hechizo de la madre tierra. O quizás fuera que ya me estaba dando sueño.

Volvimos despacio y a mí no se me había apagado nada de lo que se me había encendido la tarde anterior y él estaba como indeciso entre no sé qué y qué sé yo.

Entramos otra vez por la gloriosa Avenida Edén y en un barcito que ofrecía baterías, que es como le llaman en Córdoba a las picadas, desayunamos. Hacía casi doce horas que estábamos charlando y nada. Él sudaba seducción y para colmo, lo hacía sin darse cuenta. (O al menos, haciendo como que no se daba cuenta.)

Fue entonces que me habló de su novia.

—¿Te dije que tengo novia, no? —me preguntó, dejando los ojos en la taza de café con leche.

—No... qué... bien —dije, y era obviamente increíble.

—Sí. Se llamaba... se llama Silvia y es... muy simpática —dijo.

—Ah... qué bien... —Y no pensaba dejar en suelo cordobés un solo punto suspensivo más.

De repente se paró como si se hubiera olvidado de algo y me dijo: —Bueno, te veo mañana, bah, hoy, en el congreso. Bueno, si voy, porque no sé si voy a poder.

Y salió corriendo.

No pude ni pedirle el teléfono, nada. Salió corriendo. Volví al hotel bastante confundido, a dormir una hora o dos, para más no daba el tiempo que me había quedado.

En la tarde del domingo, las últimas conclusiones, el cierre formal del congreso, el intercambio de direcciones y nada más. Frodo no apareció.

Con Alicia volvimos al hotel con el tiempo justo de armar el bolso y tomar el único colectivo diario La Falda-Rosario que salía a las diez de la noche.

Estábamos en la terminal, comiendo una hamburguesa, cuando veo aparecer a Frodo. Se acercó sin vueltas a nuestra mesa y sin siquiera saludar a Alicia, me encaró:

—Osvaldo, tengo que decirte algo, creo que ya tengo que decirte algo.

—¿Sí? —pregunté, como si no me interesara nada.

—Me gustás mucho —me largó.

Tenía la hamburguesa en la boca, así que provoqué una minilluvia de mayonesa y lechuga sobre las papas fritas. Alicia, sin decir nada, tomó su bolso y se fue corriendo. A pesar de lo que pensé en ese momento, no fue por delicadeza que lo hizo, fue porque a lo lejos había divisado a su porteño profesor de Semiótica.

—¿Cómo?

—No me hagás repetirlo, porque me costó muchísimo decirlo. Solo que me gustás, me gustás... eso, que me gustás.

—¡Frodo! Vos me gustaste desde que te vi en la galería hoy, digo, ayer, no antes de ayer, bueno, cuando te vi.

—Sí, de eso me di cuenta. Bah, fuiste medio obvio, ¿no? —. sonreímos mientras él se sentaba en la silla que Alicia había dejado libre—. Pero bueno, no sé, no sé ni por qué te digo esto porque no hay ninguna posibilidad de que pase algo entre vos y yo y quisiera que quedara claro.

No entendí lo que estaba pasando. Yo estaba muerto por él y él me decía al mismo tiempo que yo le gustaba y que no iba a pasar nada. Si alguien podía leer ese manual de la histeria cordobesa, evidentemente no era yo.

—¿Cómo que no va a pasar nada? ¿Por qué? Entre nosotros hay onda, está claro, estuvimos como medio día hablando sin parar. Sé más de vos que de mucha gente que veo todos los días, y vos de mí. Frodo, este encuentro es como mágico y, ¿cómo nos vamos a negar?

—Es que de verdad, nunca antes había pensado en tener una relación homosexual...

—¿Y conmigo lo pensaste?

—... ajá.

—¿Cuándo?

—En la galería, cuando te vi con los libros, con las canas, no sé, me pareciste interesante de entrada. No me preguntés por qué, porque nunca me pasó una cosa así. Bah, medio que tenía cierta idea de que alguna vez podía pasar, o tenía dudas, pero también creía que todo el mundo tenía más o menos dudas con el asunto. Pero así, de fijarme en un tipo, no me había pasado nunca. Supuse que ibas a estar en el congreso y cuando te encontré, lo único que hice fue ver cómo me ponía al lado tuyo. Enseguida me di cuenta que eras fanático de Spinetta y aunque a mí nunca me gustó mucho, se me apareció la letra de la canción como una revelación. Cuando dijiste el comienzo de *El señor de los anillos* de memoria, casi me desmayé. No sabía cómo hacer para llevarte a un lugar en donde pudiera pasar cualquier cosa.

—Y me llevaste a las sierras.

—Ajá.

—¿Y qué pasó? —pregunté yo, como si no hubiera estado ahí, porque de verdad estaba notando que no había estado ahí, y que mi capacidad de percepción había sido nula.

—Si en aquel momento me hubieras dado un beso, así, de golpe, creo que me habría ido con vos al fin del mundo, creo que me hubiera vuelto loco. Estuve todo el tiempo pensando "si él no me besa, lo beso yo". Al principio yo ni sabía si vos eras homosexual o no, pero no me importaba. Yo sólo quería un beso y ver. Te juro que no puedo ni creer que sea yo el que está diciendo esto, te juro que no lo puedo ni creer.

Tenía ganas de decirle: "Bueno, creélo porque sos vos y vamos al hotel ahora porque aunque no pueda, me quedo un día más", pero me parecía que la situación no daba. Y además, estaba absolutamente aturdido y desconcertado con lo que estaba pasando, con lo que me estaba diciendo. Se ve que las sierras me hicieron perder toda capacidad de reacción.

—Frodo, me parece que tenemos mucho que hablar, todavía —dije, y fue lo máximo que pude decir.

—No, creo que ya no. No sé qué fue, pero algo pasó. Te juro que en las sierras hubiera hecho cualquier cosa pero, no sé, pasó. Y ahora estoy seguro que no quiero tener ninguna experiencia homosexual. Ahora estoy más convencido que nunca de que no soy homosexual, y que no me interesa tener una experiencia así. Es como si hubiera probado y no me hubiera gustado.

—Pero es que no probaste.... —protesté yo lleno de razón.

—Es como si lo hubiera hecho.

—No, te juro que no.

Como viene pasando desde *Casablanca*, el medio de transporte iba a partir y no esperaba. En este caso el Chevallier ya bramaba en su plataforma y Alicia hacía señas desesperadas. No había retorno, me tenía que ir. En la servilleta escribí rápido mi dirección y le dije:

—Por favor, escribime, no la cortemos acá.

—Ya la cortamos, Osvaldo. Chau.

Subí al colectivo decidido a no contarle nada a Alicia, pese a que me estuvo preguntando todo el camino entre La Falda y Córdoba, excepto cuando hice parar el colectivo y bajé a vomitar, un poco por todas las curvas de esa maldita ruta, y otro poco por haber sido tan, tan boludo.

No pensé en Nico hasta que lo vi en la casa a la mañana temprano. Cuando llegué, él ya estaba a punto de salir.

—Amor, ¡cuánto te extrañé! —me dijo, mientras guardaba sus cosas en la mochila—. Pero ahora me voy porque ya es tarde para mí. Te dejé el desayuno preparado, supuse que estabas por llegar. Al mediodía no vuelvo, pero nos vemos a la noche y me contás. ¿Te fue bien?, ¿no? ¿Me metiste los cuernos? —Se rió y se fue. Volvió a los dos segundos—. ¡Me olvidaba! —Me dio un beso, un besito tierno, de esos cotidianos—. ¡Ah, sí! Me siguen gustando tus besitos —dijo, y entonces sí, se fue.

Era la primera vez desde que lo conocía que tenía un secreto que no pensaba compartir. Era la primera vez que me sentía desleal, poco digno, sucio. Pero no me importaba nada.

Apenas Nico se fue busqué el libro del que Frodo me había hablado, *Alexis*... ¿lo leíste? ¡Me quise matar! ¡Cómo no lo había leído antes! Es una extensa carta en donde Alexis le cuenta a su esposa que la quiere mucho pero que la tiene que dejar porque es homosexual. Y entre otras cosas, cuenta que su iniciación, fue una mañana cuando el sol estaba por salir, caminando entre las sierras. Tenía 16 años.

Esa noche preparé una cena especial para Nico. Compré palmitos, jamón crudo, esas cosas que en el menú cotidiano determinan un festejo. Si él intuyó algo, se lo tragó. No dijo una palabra ni preguntó nada más. Del viaje a La Falda apenas volvimos a hablar y siempre en referencia a "Libros para Vivir".

Al mes me llegó una carta sin remitente. Por suerte estaba solo en casa cuando vino el cartero. No tuve ni que pensarlo, enseguida supe quién me la mandaba, con esas ocho palabras, una de las novelas románticas más cortas del mundo. Solo decía: "Porca miseria. Pudo haber sido de amor. Frodo".

Y nunca más supe nada de él.

22. Papa don't preach

El punto rojo fue creciendo hasta tomar-
le todo el pecho y en pocos minutos lo mató.
No se pudo hacer nada. Cuando doña Ángela
se dio cuenta, su marido ya estaba tirado en el pi-
so apenas boqueando. Nos dijeron después que no sufrió
nada, que ni se dio cuenta de que dejaba para siempre
las deudas a sus deudos. Así, tan diligente y considera-
da, fue la muerte para don Julián.

Sonó el teléfono en casa y atendí. Era Manu. Su voz
era bien distinta de la que me había puesto la única vez
que habíamos hablado.

—Osvaldo, ¿está mi hermano? —dijo.

—¿Por? —pregunté, medio en ganador para disimular el
pánico.

—Es serio. Murió mi viejo. Mamá quiere que Nico venga.

No supe qué hacer. ¿Tenía que darle el pésame? ¿Podía considerar al difunto como mi suegro? Entonces, ¿yo
tenía que recibir también el pésame? ¿Cómo se lo decía
a Nico? ¿Teníamos que ir al velorio? ¿Yo tenía que ir? ¿Y
qué me ponía, si no tenía nada negro?

Cuando Nico entró en casa, yo todavía tenía el teléfono en la mano. Intenté disimular para decírselo de a poco pero debo haber tenido una cara espantosa porque
apenas me vio preguntó:

—¿Qué pasó?

Entonces me pareció que lo mejor era ser sutil e indi-
recto.

–Se murió tu viejo.

Bueno, te voy a ahorrar la escena siguiente porque es tan triste que no tengo ganas de recordar. Lo que no sé es cómo fue que en menos de media hora estábamos los dos entrando al departamentito contrafrente de la calle Catamarca. (Porque doña Ángela insistió en velarlo en la casa, decía que las familias bien hacían eso. Y la pobre aseguraba que su familia era bien.)

Él tenía el pulóver azul con dibujos geométricos negros. Yo me puse la corbata azul y un saco gris oscuro que usaba para el colegio.

–No hace falta que entrés –me dijo Nico en la puerta de la casa.

Pero yo ya estaba decidido.

No lo podía dejar solo en ese momento.

No sabía cómo reaccionaría esa gente ante nuestra presencia y él estaba demasiado deprimido como para tener que enfrentar todo eso sin compañía. Creo que lo último que imaginó fue que podía pasar alguna cosa desagradable. Ahora que lo pienso, es entendible. Se le terminaba de morir el padre y por más que estés peleado y tu viejo te haya negado, no debe ser fácil. Me armé del valor que nunca tuve y entré al departamentito. Además, ¿para qué negarlo?, imaginé que no tendría muchas otras oportunidades de conocer la casa que Nico había dejado para vivir conmigo. Y se sabe que la curiosidad mató al gato. No estábamos preparados para casi nada de lo que pasó ese día. (La muerte había sido tan repentina.) Ni para el encuentro con esa casa, ni para las caras de doña Ángela o Manu después de tanto tiempo, y mucho menos para que la persona que saliera a recibirnos fuera mi mamá.

Ahí estaba la Gladys, llorando como la más piadosa, consolando a mi suegra.

–¡Ay, chicos! ¡Qué bueno que llegaron! Doña Ángela ya preguntó varias veces por ustedes.

–¿Qué hacés acá? –grité bajito y me saltaba la venita, casi un homenaje al difunto.

–Y... si soy como de la familia– me dijo.

Cómo fue que se enteró, nunca supe. Llegó minutos antes que nosotros y eso que nosotros llegamos antes que el difunto. Nico y su madre se miraron. Los dos tenían una vergüenza que parecía venir de un lugar que solo ellos conocían y se quedaron frente a frente, sin decirse nada. Estuvieron así cuatro o cinco años hasta que Nico la abrazó y doña Ángela se largó a llorar en sus brazos. Mi mamá me agarró del brazo y me llevó a la cocina.

—Dejalos solos... —me dijo.

Preparamos café mientras iban llegando los parientes. Nico y doña Ángela se encerraron en el dormitorio. Llegó Manu con el cajón. Me vio en la cocina y me abrazó. Parecía que ya no le molestaba tanto. Yo también lo abracé. (Ni siquiera ahora, que pasó tanto tiempo, me voy a animar a confesar que me excitó un poco ese muchacho grandote, tan sensibilizado, tan desprotegido. Puedo reconocer que me dieron ganas de darle unos besitos en el cuello y comprobar in situ el poderío de sus piernas, pero bien que me controlé.)

Había que hacerse cargo de las cuestiones más prácticas.

¿Dónde poníamos el difunto?

Manu decidió todo rápido.

—En mi cuarto —dijo y, ¿quién era yo para contradecirlo?

Además, debo reconocer, me daba cierto morbo eso de hacer el velorio en lo que había sido el dormitorio de Nico durante tanto tiempo.

Enseguida nos pusimos a desarmar las camas y sacar el escritorio pero los de la funeraria no hacían más que apurarnos. Ellos iban entrando al difunto —mi suegro—, las coronas y una cruz de neón mientras nosotros sacábamos todo vestigio de vida anterior.

A los diez minutos, lo que alguna vez fue el lugar de los sueños de dos adolescentes con granos de una familia venida a menos, se había convertido en una cámara mortuoria.

Solo nos quedaron dos posters, uno de Madonna y otro de Cindy Lauper que no pudimos despegar. Pero como quedaron detrás de los gladiolos de las coronas, mucho no se notaron.

La noche, rara y tediosa, sirvió para que la familia de Nico se reencontrara.

—Con tu padre muerto ahí, adelante tuyo, te das cuenta de que no sos nada. Ahora entiendo por qué uno se ríe en los velorios, con las boludeces que se dicen. Son todas tan ciertas esas boludeces que se dicen, que lo único que podés hacer es reírte. Porque no se banca. Las preguntas que te hacés cuando ves que tu viejo se murió y ya no está más y no tenés dónde buscarlo son demasiado... profundas. Son preguntas que uno no se hace todos los días porque son... insoportables. ¿Qué importa lo que uno piense, lo que uno quiera, las cagadas que se manda, si después, chau, te vas para no volver nunca más? Todo es tan obvio, todo es tan... obvio. Si hubiera sabido que se iba a morir, quizás no hubiera sido tan duro conmigo porque, ¿qué sé yo? Parece que nada es tan importante si te vas a morir —me dijo Nico esa noche ya cerca del amanecer, mientras desde los gladiolos Madonna nos miraba cómplice. Habíamos quedado solos en su ex dormitorio, él y yo abrazados y mi difunto suegro de cuerpo presente—. Se murió sin entenderme. Y quizás se murió sin quererme... pero ahora, ¿qué puedo hacer? No le pude explicar nada de lo que pasó, no tuve tiempo. ¿Y vos sabés quién era ese tipo que ahora está ahí adentro, duro y frío? ¡Mi viejo! Y yo lo único que quería era que me quisiese, quería decirle que al lado tuyo encontré sentido a mi vida, que te quiero, y que también lo quería. Y que por más que intenté entender por qué me trató como me trató, no lo conseguí. ¡Y mirá que lo intenté! Solo eso hubiera querido que supiera, hubiera querido decirle. Pero no pude. Porque se murió sin dejarme hablar con él. Y yo nací por él... y él se murió sin saber quién era yo. ¡Es todo tan... absurdo!

En el momento del cortejo quedó bien claro que todo había cambiado con su familia.

En el primero de los autos, pegados al coche fúnebre,

subió Manu y su novia, Verónica, doña Ángela, Nico... y yo. En el segundo, con los padres de don Julián y de doña Ángela, mi mamá, presentada como amiga de la familia y madre del "mejor amigo" de Nico.

Al llegar al cementerio La Piedad, bajamos el cajón y después de un paso rápido por la capillita lo llevamos por el caminito principal hasta unos pabellones horribles.

Ahora recuerdo eso y me parece que era con orgullo, con no sé qué imbécil orgullo masculino, que cargué la manija del ataúd. Yo llevaba la primera de las manijas del lado derecho y Nico la primera de las manijas del lado izquierdo. Lo miré y vi que debajo de los anteojos negros estaba llorando. Me pareció que rezaba pero también me pareció que no podía ser. ¿Cuándo Nico había rezado? ¿Sabría rezar? Y a riesgo de tropezarme y mandar el cuerpo presente de mi difunto suegro al carajo, casi me apoyo sobre el cajón para escuchar qué era lo que rezaba.

Papa don't preach... creí escuchar que cantaba.

Nico notó que lo estaba mirando y que descubrí que estaba murmurando una canción de Madonna mientras llevaba a enterrar un cajón con su propio padre adentro. Me sumé al estribillo porque ya consideraba a ese señor como mi padre político. Apenas pudimos contener la carcajada, que por suerte todos confundieron con un imparable ataque de llanto.

Con la excusa del entierro salimos del cementerio abrazados.

Ya íbamos cantando *La isla bonita* pero nadie lo notó. Creo.

23. Bailando en chancletas hacia atrás

¿Que si es cierto lo que te estoy contando? ¿De verdad me lo preguntás?

¡Yo me abro frente a vos al medio como un pancho y vos me preguntás si es cierto!

Más allá de las dos sesiones semanales que tengo con Gustavo, más allá de la mudanza (porque ya no vivo en Rosario, ahora estoy en Buenos Aires y me separé de mis amigos y de mi trabajo y de todo porque no aguanté más vivir en aquella ciudad), más allá de los whiskys que tomé, las noches en que no puedo dormir, ¿te parece que estoy jugando?

No, claro que no estoy jugando.

Si intentase hacer una... no sé, una "estilización literaria" de mi relación, ¿te parece que hablaría de Los Arrayanes?

Claro, porque ahora te voy a contar lo de Los Arrayanes. Fue uno de los instantes de mayor intimidad y comunión que tuve con Nico. Y podría ubicarlo en otro contexto, no sé... más... "literario". Pero pasó en Los Arrayanes, no tengo por qué cambiarlo.

Es la pura verdad.

Roberto y Cecilia ya tenían un año de casados y Nico y yo, tres.

Hacía un calor insoportable, cerca de cuarenta grados, Rosario sufría sus rutinarios cortes eléctricos que no permitían ni el respiro del ventilador. Los incordios habituales de enero. Habíamos dejado de ir a las playas del río en las islas a las que iba todo el mundo, justamente por eso, porque iba todo el mundo y tenías que hacer dos horas de cola para tomar alguna de las lanchitas que te cruzaban hasta Isla Verde o Puerto Gaviota. El paseo era bastante agradable, pero entre los mosquitos de las islas, el amontonamiento de rosarinos y los enormes bafles de los barcitos (en donde sonaban las fm de hits irritantes y esa locutora exaltada y tonta que parece haber tomado todas las radios del país), nos sacaban las ganas de ir.

Fue Cecilia la que dijo: "Me contaron que cerca de Carcarañá, hay una especie de recreo, que es medio como desconocido. Es un camping con árboles, pileta, está al lado del río y parece que está bueno. Se llama Los Arrayanes".

Fue suficiente invitación para que ese domingo de verano saliésemos los cuatro, cerca del mediodía, pese a que tenía el Taunus 80 bordó, techo vinílico negro, en el taller, una cosita de nada. La correa del ventilador, el Taunus siempre se portó, pero estuvo en lo del mecánico todo el fin de semana. Sí, era una señal –la primera, vendrían otras–, pero no la vimos.

Lamentablemente no la vimos.

Tomamos El Cañadense, que va por la ruta 9, dejamos atrás la salida de la ciudad, las quintas de Funes, Roldán y llegamos hasta Carcarañá. Decidimos bajar frente a la plaza. Alguien ya nos diría dónde quedaba el paraíso bajo el nombre de Los Arrayanes.

Estábamos buscando tranquilidad, un poco de fresco y agua.

Nada más.

Nada de lo que podía ofrecer Los Arrayanes pero todavía no lo sabíamos.

A las dos de la tarde de un domingo de enero de principios de los 90, la plaza principal de Carcarañá estaba vacía.

Absolutamente.

Hicimos como cinco cuadras antes de encontrar alguna señal de vida humana en el supuesto caso de que ese batón, esos ruleros y esas chancletas fueran una señal de vida humana.

–Disculpe, señora, ¿usted nos podría decir cómo hacer para ir a Los Arrayanes? –preguntó Roberto, siempre tan caballero.

La señora, o mejor, lo que había adentro de ese batón, debajo de esos ruleros, sobre esas chancletas, nos miró como si estuviésemos preguntándole cuál era el mejor método para violar a su marido.

Salió corriendo.

Sí, salió corriendo.

Gente más perceptiva la podría haber tomado como la segunda señal, después de lo de la correa del ventilador del Taunus 80 bordó, techo vinílico negro; más aún teniendo en cuenta que mientras el batón huía con los brazos en alto, otro Cañadense pasaba frente nuestro en dirección a Rosario. Una tercera señal, sabemos ahora.

Sí, deberíamos haberlo tomado y listo. Pero no fuimos lo suficientemente perceptivos.

No entendimos ninguna de las señales divinas.

Finalmente, un muchacho que estaba tirado en una vereda, nos indicó a desgano la dirección deseada.

–Para allá –dijo y señaló por la ruta–, pero es lejos.

Y allá fuimos, por la ruta, lejos, bajo el sol achicharrante de la siesta santafesina.

Una lagartija había muerto en medio de la ruta.

De calor.

Pero seguimos.

Supongo que habrán sido unos cinco kilómetros.

Y entonces avistamos los árboles y pensamos que todo estaba bien. El primer signo de que las cosas no eran como esperábamos, nos lo dio el aire. El aire traía una melodía cada vez más presente. Una melodía machacante. Un cuarteto tropical que sólo podía anunciar desgracias.

Al acercarnos a Los Arrayanes, nos encontramos con casi todo lo que podíamos detestar: decenas, cientos de autos y pickups, carpas, pelotas, nenitos, sifones, tápers, familias, familias, familias y un grupo tropical en vivo, Luisito Noretti y sus Alegres Orenzanos. Luisito era un coloradito de anteojos que no pasaba de los diez años y se ocultaba bajo un enorme acordeón. A pesar del nombre del grupo, el verdadero líder era su padre, quien al grito de "¡Ahora, Luisito!", daba el inicio para *Barrilito de cerveza, La felicidad, Cortate el pelo cabezón* y otras alegres melodías familiares. Luisito, cuyo rostro de sufrimiento no se veía detrás de los pliegues del acordeón furiosamente rojo, comenzaba las canciones a las que rápidamente se acoplaba quien parecía su hermana, una adolescente híbrida de largos cabellos rojos y lacios en un tecladito casi fun machine. La progenitora de tan musical familia era una colorada alegre y regordeta que mostraba su optimismo indeleble detrás de una batería de un rojo también inconcebible y finalmente, el benjamín de la familia, un poco más chiquito que Luisito, que llevaba su bajo como lo que era, un castigo familiar. El bajo, claro, también era rojo. No entiendo por qué el grupo no se llamaba "Los Rojos".

Y encima se reían.

Y encima todos bailaban a su alrededor. En chancletas y hacia atrás. Un arte difícil de dominar.

—Bueno, chicos, no nos queda otra. O disfrutamos con "Los Rojos" o nos suicidamos –dijo Nico, y como correspondía a una película argentina, nos largamos todos a reír al mismo tiempo.

Decidimos pasar un domingo junto a la familia arrayanense.

Desarmamos las mochilas, preparamos el mate, jugamos al truco mientras las pelotas rebotaban a nuestro alrededor y *La cucaracha* en versión roja se nos metía por los oídos.

La pileta, efectivamente, existía.

Solo que era un caldo espeso en donde cientos de personas dejaban su calor.

Imposible.

El río, efectivamente, quedaba cerca.

Pero no te podías bañar en esa zona porque era peligroso.

Cecilia propuso bailar y allá se fue con Nico a intentar el paso de la chancleta hacia atrás. Con Roberto nos quedamos sentados bajo los árboles, contemplando a nuestros respectivos amores enredarse en pasos misteriosos.

De repente, vi que se quedaron parados. Que a Nico le cambió la cara. Que las parejas seguían chancleteando a su alrededor, esquivándolos.

—¿Qué les pasa? —pregunté.

—Me parece que Cecilia le contó —dijo Roberto.

—¿Qué... contó qué?

—Van a ser tíos —dijo Roberto, y sonrió.

Nico abrazó a Cecilia y me buscó con la mirada. Creo que hasta Luisito se dio cuenta, porque puso mayor empeño aún en su acordeón. No había terminado de reaccionar todavía cuando Nico y Cecilia llegaron corriendo.

—¡Estamos embarazados! —gritó Nico y los cuatro nos abrazamos emocionados.

Dicen que los hijos recién entienden a los padres cuando, a su vez, se convierten en progenitores. Será por eso que tantos gays se llevan mal con sus padres. No hay manera de entenderlos. Ya sabemos que no vamos a ser padres. Ya lo sabemos. Es el mayor renunciamiento. Y te habla de la seriedad de lo que nos pasa.

Al principio, pensé que no era gay porque lo que quería era tener hijos. Después supe que era gay pero pensé que podía tener un hijo igual; que podía dejar embarazada a una chica que quisiera hacer un trato conmigo. Después me di cuenta de que tenía la posibilidad de engendrar un hijo. Con Sandra había podido. Pero también me pareció que eso había ocurrido en otra vida, anterior y distinta de la que estaba viviendo ese momento. Que ya no. Después imaginé una inseminación artificial o algo así, una chica que me alquilase su útero y su vientre. Después pensé que podría adoptar, que quizás con leyes más avanzadas; que hay cientos, miles, millones de chicos por ahí necesitados de un padre, de una casa. Porque sabía que tenía ternura y posibilidad de ser un buen padre, que podía entender y escuchar, cosa que conmigo no habían hecho cuando más lo había necesitado, excepto mi vieja cuando ya había dado toda la pelea solito.

Finalmente, estuve obligado a conformarme con ser el "tío" de cuanto nenito naciera cerca mío.

Y nunca me iba a alcanzar.

¿Qué es ser padre?

O mejor, ¿qué es el deseo de ser padre en alguien como yo, en un gay? Ya lo había sentido en aquel prehistórico aborto de Sandra. Dejar una vida en este mismo lugar al que odiás y querés. Inventar una vida, no parece poco. Trascender a través de alguien que viene a continuar lo que no tengo ni idea cuándo empezó. Pensé en mi viejo, y en el viejo de mi viejo, y en el viejo del viejo de mi viejo, y en el viejo del viejo del viejo de mi viejo.

Así hasta Adán.

Me sentí un traidor.

Quise llorar.

Lloré.

Lloramos los cuatro, abrazados, mientras Luisito Noretti aporreaba su acordeón y su padre instaba: "¡Ahora, Luisito!" y las parejas bailaban su amor alegre y rojo, despreocupado, de fin de semana, de asador y pelota.

Abrazados, Roberto y Cecilia nos contaron todo lo que sabían de eso que habían hecho. El atraso, las rayitas del evatest, la confirmación del médico el día anterior.

Sentí una envidia atroz.

Me sentí castigado y noté que a Nico le pasaba lo mismo. Hasta ahora los nacimientos habían sido cosas de gente grande, de tíos, de compañeros de trabajo. Pero yo conocía a Roberto desde la primaria. Lo había visto crecer, jugar, jugarse, enamorarse. Estuve el día en que, finamente, Cecilia aceptó salir con él. (Y él ya sabía que iba a ser así, porque se lo había dicho su cábala: abría un libro cualquiera en cualquier página y buscaba cualquier párrafo y si el párrafo era una afirmación, quería decir que Cecilia iba a aceptarlo, y si el párrafo era una negación, cerraba el libro y volvía a intentarlo.)

Nunca antes tan claramente había sentido rabia por ser gay.

Y nunca antes tan claramente supe que lo era.

Mi esperma o el de Nico eran, técnicamente, iguales al de Roberto. Nuestro amor, técnicamente, también. Y sin embargo, estábamos tan, tan lejos. Yo quería un hijo, sí, pero con amor. Con mi amor.

¿Por qué tenía que pagar el precio de no ser padre nunca?

Por no sé qué.

Porque no.

Porque no me gustan las chicas.

Porque no me excitan.

Porque los hombres sí me excitan.

¿Es más fuerte una cosa así... qué sé yo, sexual, que la posibilidad de la trascendencia a través de los hijos?

¿Lo era?

¿O sería entonces que no era solo una cosa así, sexual?

Estuvimos abrazados un rato largo, los cuatro.

Nos queríamos, de eso estoy seguro.

Entonces Nico sin decir nada, se paró, cruzó la pista de bailarines alegres y se perdió entre los sauces que llegaban al Río Carcarañá. Miré a Cecilia. Miré a Roberto. No supe qué hacer.

—Andá, te precisa —me aconsejó Cecilia.

Quedé demasiado confundido como para hacerle caso, pero igual, me levanté y lo busqué. Estaba sentado, tirando piedritas al río. No tenía ni que acercarme para saber que estaba, como yo, llorando. En silencio llegué hasta él, lo abracé y así nos quedamos un rato largo mientras Luisito arremetía con una alegre tarantela y su padre "¡Ahora, Luisito!".

—¡Lo que daría por estar en el lugar de ellos! —dijo al final, los ojos en el río.

—Lo que daríamos...

—¿Por qué soy tan estúpido? —Y se llevó las manos al rostro y daba hipos cortitos como suspiros mezclados con mocos.

—¿Estúpido? ¿Por qué decís eso?

—Porque lo primero que pensé fue... no, dejá.

—¿Qué?

—... que qué lindo sería tener un hijo con vos. Un hijo así, con tus cachetes pero chiquito, y abrazarlo y besarle los cachetes y verlo crecer y saber que es tuyo y que es mío. —Se puso a jugar con una ramita.

—Eso no es estúpido, amor... solo que es imposible.

—Bueno, ¿no es estúpido sufrir por lo imposible?

Sigo sin saberlo, claro. ¿Es estúpido sufrir por lo imposible? ¿Y sufrir por lo posible? ¿No es estúpido también? ¿Sufrir es estúpido? ¡Cómo puedo saber eso! ¡Qué sé yo!

—¿Cuál es el sentido de todo? —me preguntó, estaba con interrogantes fáciles.

—¿De todo qué?

—De todo, todo. De vos, de mí, de los chicos, del mundo, de la vida, de la puta que los parió... ¿qué sentido tiene todo? Mi viejo se murió, así, ¡pim!, de un día para otro, de un momento para otro, chau. Como si nunca hubiese existido. Y todo sigue igual. Nunca voy a tener un hijo. ¡Nunca! ¿Y? ¿Cómo se aguanta eso? ¿Cómo se banca, Osvaldo? ¿Me querés decir cómo...?

—No sé. Me parece que no se banca —dije, y lo abracé más fuerte.

Hubo un silencio, una piedra hizo patito en el río. La había tirado un nene que nos vio y salió corriendo. Otra broma cruel del misericordioso ese que hizo todo en seis días.

—Más de una vez noté que cuando estamos juntos, brillamos. Esa es la impresión que tengo —me dijo serio—, que juntos brillamos. Y no somos como los demás. Pero solo si estamos juntos. Creo que eso es el amor, eso de brillar. Pero si nuestro amor es así, de brillar, ¿por qué no lo podemos completar? ¿Qué mierda de castigo es este?

—No sé, de verdad que no sé.

—A las parejas como las de los chicos, los hijos les dan una especie de... premio. Un lazo más fuerte. Están también unidos por el amor a los hijos, por ese proyecto común, ¿no?

—Ajá.

—Como los papeles, como las obligaciones, como las familias, otra cosa que a nosotros no nos une.

—Sí, bueno, qué sé yo. Los hijos tampoco salvan matrimonios, ¿no?

—Puede ser. Pero a nosotros lo único que nos une es el amor. No tenemos el proyecto en común de los hijos.

—Tenemos otros, Nico.

—¿Qué? ¿Amarnos? ¿Es suficiente?

—¿No?

—No sé... pero hay una cosa que sí sé —dijo él, puedo recordar claramente el brillo de sus ojos, porque nunca nadie me había mirado así—, si no puedo tener un hijo... al menos te puedo tener a vos, y necesito tenerte a vos.

Como traídos por el acordeón de Luisito Noretti, Roberto y Cecilia se nos acercaron y se sentaron al nuestro lado.

—No se pongan así, chicos —dijo Roberto.

—Una cosa que nos alegra tanto no los puede poner mal —agregó Cecilia y me pareció que iba a ser dificilísimo explicarles.

—No, no es que nos ponga mal, ¿cómo nos va a poner mal? —dije.

—¡Epa! ¿Les parece que somos tan egoístas? —Sonrió triste Nico.

—No, sabemos que no. Solo que... bueno... No sabíamos cómo lo iban a tomar —dijo Cecilia mirando a Roberto.

—Claro que sabemos que a ustedes les gustaría. Y si fuera por nosotros, estamos convencidos de que se lo merecen, pero...

—Está bien, Roberto, no tenés nada que explicar, no tenés nada que justificar... ¿Cómo vas a tener que justificar que puedas tener un hijo? No nos volvamos locos —dije yo—, solo que bueno... nos agarraron un poco de sorpresa.

—Es muy lindo lo de ustedes, y nos pone bien. Eso primero que todo y que quede claro —dijo Nicolás.

—¿Pero...? —preguntó Cecilia.

—¡Uf! —Suspiró Nico—. ¿A quién no le gustaría trascender como van a hacer ustedes? Nosotros ya sabemos que no podemos pero bueno...

—Se equivocan, chicos —dijo Roberto, y me pareció que ya tenía pensado el discurso mientras que Nico le acariciaba la panza inexistente aún a Cecilia, y yo clavaba la vista en una pick up que se iba del camping, solo para no llorar— un hijo no es la única posibilidad de trascendencia. En una de esas, quizás esta sea nuestra misión, dejar un pibe, pero no la de ustedes.

—No, Roberto, no hay una misión más trascendental, me parece —dijo Nico y tenía los ojos llenos de lágrimas.

—No, te equivocás. Lo que ustedes dos hacen todos los días, la... no sé, la pelea... así, sencilla que dan para que entendamos de qué se trata eso de ser como ustedes, no es un tema menor. Quizás esa sea la misión de trascendencia que ustedes tienen acá. Ustedes dos están consiguiendo que para la gente que es como ustedes las cosas sean más fáciles. No hoy o mañana, sino que de ahora en más. Como el pibe que vamos a tener nosotros. No es hoy o mañana. Es de ahora en más. ¿O te pensás que para nosotros no fue también una educación ver que dos putos pueden ser buenas personas, que pueden amarse y cuidarse? Te lo voy a decir, para nosotros siempre fueron un ejemplo, y ojalá seamos alguna vez una pareja como ustedes, así, con proyectos en común, con tanto... diálogo, con tanta ternura. Ahora sabemos que si el nene que empezamos a esperar llega a ser gay, será un lindo y feliz puto y no va a tener nada que ocultarnos. Porque aprendimos con ustedes dos.

—La pareja de ustedes es exactamente —dijo Cecilia, también con lágrimas en los ojos— como nos gustaría que fuera la nuestra. Eso es una cosa que siempre charlamos con Roberto. Los vemos a ustedes y entendemos que es amor, y estamos orgullosos de que sean nuestros amigos. Y estamos muy contentos sabiendo que este nene los va a tener cerca y va a poder aprender de ustedes dos, también.

Nico y yo nunca habíamos escuchado una cosa así. ¿Era suficiente recompensa por no poder tener chicos? ¿Era un premio consuelo? En todo caso, era la comprobación de que los amigos constituían la familia que estábamos eligiendo.

El mundo se acomodaba otra vez a nuestro alrededor. Volvimos con las familias, los sifones y los tápers.

Cecilia y Nico se anotaron en el concurso de baile que organizó el padre de Luisito Noretti. No ganaron pero tampoco lo hicieron tan mal. Roberto y yo también bailamos. Roberto me agarró por la cintura y me llevó al centro de la pista, muerto de risa, haciéndose el payaso como yo no recordaba que lo hubiera hecho alguna vez antes.

Todavía hoy, acá en el departamento oscuro de Buenos Aires, me acuerdo que esa tarde del verano bochornoso de principios de los 90, Roberto apoyó sus labios sobre mi oído y me dijo: "¡Cómo te quiero, puto de mierda!", mientras los rojos de la familia Noretti alegraban a los presentes con un popurrí de Palito Ortega.

Sí, fuimos felices.

Todavía hoy, acá en el departamento oscuro de Buenos Aires, me acuerdo de Nico y no sé si reír o llorar.

24. Treinta años

No, pero lo peor de todo fue que un día, sin ningún aviso previo, cumplí treinta años. Si había algo que no estaba en mis planes era eso de cumplir treinta años. ¿Cómo treinta años? Debía haber un error, seguro. A ver si alguien se fija en los papeles porque acá seguro que hay un error, ya sé, seguro que las computadoras del "Todopoderoso" recibieron un virus, o se le cayó el sistema allá arriba y yo tengo que pagar los platos rotos. Si apenas estaba acostumbrándome a eso de ser un veinteañero.

¿Cómo treinta?

De repente tomé conciencia con pánico, claro, que iba a mirar las vidrieras sabiendo que la ropa de moda es linda pero no es para mi edad. Que no me iban a gustar los discos que pasasen por la radio. Es más, que no iba a adivinar el nombre de ninguno de los cuarenta principales. Que me iban a decir "señor" por la calle y no me iban a tutear si me pedían la hora o la ubicación de una avenida. De repente supe que iba a tener que empezar a hablar como gente grande. Preguntarles a mis amigos sobre los problemas de filtraciones en el techo de sus casas, cuánto les cobró el pintor por ese trabajo horroroso, o cuál es el mejor régimen previsional.

Así, de golpe, supe que ya no era inmortal.

La mañana en que cumplí treinta me levanté sabiendo que me iba a morir. No que fuera una cosa inminente pero me sentía como si me hubiesen diagnosticado un cáncer a largo plazo. Tarde o temprano, me iba a morir.

Y eso era algo en lo que nunca antes había pensado.

Sí, claro, parece lejana la muerte. Pero los treinta también parecían lejanos, una cosa que les ocurría a los demás. Los de treinta eran gente con hijos, con árboles, con libros. Y yo, nada de nada. Treinta años era mucho más de lo que yo podía soportar. A los treinta años ya hay cosas que nunca vas a hacer, el tiempo pasa a ser una variable preocupante, y el dinero —si todavía no apareció— una variable ausente. Es cuando empezás a decir que la juventud se lleva en el alma, porque ves que del cuerpo se te está yendo inexorablemente. Y es también el momento justo para que te des cuenta de que la carrera del tiempo está perdida. Ojo, si no te das cuenta ahí, te convertís en un viejo ridículo.

¿Qué había hecho en todos estos años?

Había conseguido a Roberto, a Cecilia, a Florencia, fundamentalmente a Nico.

Había conseguido una ocupación que me gustaba mucho.

Había conseguido hacer las paces con una sexualidad que no era convencional y una familia que sí lo era.

Alquilaba un departamento y estaba enamorado pero no sé si lo notaba.

Y nada más.

¿Eso era tener treinta?

¿Y la aventura?

¿Y lo de cambiar al mundo?

¿Y las grandes utopías?

Bueno, está bien, treinta, ¿y ahora qué? Roberto y Cecilia ya andaban por el segundo embarazo, tan poco considerados eran. Florencia disfrutaba de su soltería sin ningún remordimiento, era libre y lo había elegido. De un día para otro, cuando las finanzas se lo permitían, se tomaba un avión y aparecía en algún lugar raro del mundo.

El cumpleaños me pareció igual a los últimos cumpleaños.

Nos juntamos en casa, Nico hizo una torta, Roberto trajo unas botellas de vino, pero se tuvo que ir enseguida porque lo llamaron de urgencia del hospital. Cecilia, con Maxi a cuestas y Patricia en la panza, tampoco se quedó mucho. A las once de la noche ya no quedaba nadie en casa. Esto que estaba oliendo era rutina, lisa y llana, de la peor, de la más pegajosa.

De la que ni duele.

Rutina.

Los días pasaban iguales, unos a otros.

No tenía nada nuevo para contar, no tenía nada nuevo para decir.

No tenía nada nuevo para vivir.

Deseé intensamente que me pasase "algo".

Nunca hubiera imaginado que, efectivamente, ese "algo" me pasaría al año siguiente.

Y me dejaría absolutamente desorientado.

25. El incordio

Una nochecita de septiembre del 95, volví a casa y vi en la puerta del edificio una ambulancia de Eco. Pensé en la señora del 4° B y su enjambre de parientes terminales. Cuando llegué al departamento casi me desmayé de la impresión. Nico estaba recostado sobre el sillón del living y un médico muy joven (lindo, la verdad: cuello largo, frente amplia) le daba golpecitos en una pierna. La imagen guardaba algo preocupante pero no llegué en ese instante a saber cuánto.

—No es nada —dijo el doctor—, fue una cosita en la rodilla, tomate un calmante y listo.

El médico se fue y Nico me contó que estaba sobre la alfombra del living haciendo gimnasia con las pesas que se había comprado, patinó y se dobló no sé qué. Le dolía mucho y llamó al servicio de urgencia.

Una cosita de nada.

A los quince días, como le seguía doliendo, se fue a hacer unas radiografías.

Esta vez lo atendió Roberto y fue claro: la única solución era operar.

Se operó y lo enyesaron. Como yo no lo podía atender, porque nunca estaba en casa, se fue a lo de su mamá. Con el Taunus 80 bordó, techo vinílico negro, lo fui a buscar el sábado siguiente. Nos fuimos a cenar a lo de Roberto y Cecilia. (Ellos, desde que tenían los dos nenitos, Maxi y Patricia, casi no salían.) También estaba Florencia. Pedimos pizzas por teléfono. Los temas de conversación fueron los de siempre: los quilombos de los respectivos laburos, las nuevas gracias de los nenes, las películas que se estaban por estrenar, algún escándalo menor de la administración pública, el campeonato.

Roberto revisó a Nico. Nos dijo que no lo veía bien. Que quería hacerle nuevas radiografías.

Volvimos a casa. No fue fácil para Nico con su yeso, subir y bajar del coche, entrar al edificio, tomar el ascensor, llegar al dormitorio.

Era la primera vez que pasábamos una semana separados. Yo lo había notado. Mucho.

—¿Sabés qué? —me preguntó después de que lo desvestí porque él solo no podía—, me pasó algo raro.

—¿Qué? —dije, mientras me desvestía, dispuesto una vez más a compartir su calorcito.

—No te extrañé.

—¿Qué?

—Que es raro, es la primera vez en seis años que pasamos una semana separados y no te extrañé. No pensé en vos. —Estaba como asombrado de que eso hubiera ocurrido.

—Bueno, Nico, es entendible. Roberto te dijo que no sabe todavía cómo vas a volver a caminar, es un tema denso como para que te pongas a pensar en mí.

—Sí, debe ser eso —dijo.

No hablamos más. Fue raro pero no hablamos más. Noté que Nico se durmió enseguida. Lo abracé y permanecí despierto un rato largo mientras escuchaba unas bocinas a lo lejos. Al rato yo también me quedé dormido. Sólo mucho después, una de las tantas veces que volví a ese momento, noté que por primera vez no hubo beso de buenas noches.

A la mañana siguiente, él no dijo que iba a ser un buen día porque lo empezásemos juntos. No dijo nada. Era domingo y no dijo nada. Pero eso también lo noté cuando ya estaba absolutamente solo.

Preparé el desayuno como siempre, o mejor, un poco más maricón que siempre porque él no se podía levantar y pensé en llevarle una linda bandeja a la cama. No solíamos desayunar en el dormitorio, porque a él le molestaban las miguitas entre las sábanas, pero ese domingo era distinto. Sólo después entendí qué doloroso y qué distinto sería. Además de las medialunas compré también un ramito de flores medio berretas. En la bandeja puse las flores, el café con leche, las medialunas, los diarios y un osito de peluche (claro que teníamos un osito de peluche, obvio) con un cartelito que decía "Sherman y Polí queremos a Nico". Polí era yo, mi nombre en la intimidad. Sherman se llamaba el osito. (En realidad era Sherman McCoy, porque estábamos leyendo *La hoguera de las vanidades* cuando lo compramos, pero nunca le decíamos el apellido, teníamos confianza.)

Nico sonrió triste y de entre los diarios del domingo sacó la revista del *Clarín* y fue directo al horóscopo. Desde ese momento odio el horóscopo de la revista de *Clarín* de los domingos. Con toda el alma. ¿Qué necesidad tenían de poner en Piscis (el signo de Nico, un pescadito para cada lado, imaginate) "hora de sinceramientos"? Ninguna. A mí no me hacía falta sinceramiento alguno. A mí me gustaba eso así como estaba. ¿Qué puto sinceramiento precisábamos?

—¿No vas a tomar el desayuno? —le dije, o mejor, se lo dijo Sherman a través de mi voz, yo era de hacer esas cosas.

—No. Creo que me voy a ir. ¿Me podés llevar a mi casa?

—Estás en tu casa, Nico.

—Sí, bueno, no sé. Llevame a mi casa, de mi vieja, quiero decir, es lo mismo. No tengo ganas de estar acá. No sé por qué pero no tengo ganas.

Quedé duro. Se me cayó Sherman en la taza de café con leche y la taza de café con leche en la cama, mojando las sábanas y el yeso de Nico que se puso como loco. Yo también me puse como loco. Sherman quedó casi inutilizado para su trabajo de mascota gay, convertido en un sancocho marroncito y tibio, podría decir "como mi corazón" si no me diera tanta vergüenza. Me recuerdo llevando a Nico a la mañana en el coche y dejándolo en la puerta de lo que ahora él venía a considerar "su" casa. No sé si hacía frío o calor. Pensándolo bien, creo que no hacía nada. Todo era vacío, hasta el clima.

—¿Qué es esto, Nico? —pregunté sin querer estacionar, pasando despacio por la puerta del edificio de la calle Catamarca.

—No sé, Osvaldo, no me preguntés nada que no sé. Dejame tranquilo, dejame pensar un poco, después te llamo, quiero pensar un poco en mí, no me siento bien y no sé qué tengo. No hagás una tragedia, no jodás, está todo bien, pero no sé, necesito estar solo. Es por la pierna, seguro, pero dejame tranquilo. Pará acá y dejame solo.

Fue la primera vez que no entendí.

La primera vez que entendí que no entendía. ¿Cómo que estaba mal? O mejor, ¿cómo que estaba mal y yo no podía hacer nada para ayudarlo? Si yo no podía, ¿quién podía? Nadie podía, eso estaba claro. Si yo estaba ahí era para ayudarlo, mi misión en el mundo era esa. ¿Desde cuándo él no lo notaba? Si los últimos seis años, yo había estado ahí para eso... ¿de qué se trataba este brote?

—Nico, ¿qué carajo te pasa? —pregunté a nadie esa noche, dando todavía vueltas en el coche sin poder parar.

Fue la primera vez que hice esa pregunta que repetiría a lo largo de los últimos dos años, todos los días, una vez cuando me despierto, otra vez cuando me voy a dormir.

¿Cuánto tiempo puede durar el espanto?

La semana fue interminable.

Una noche pasé a buscar a Roberto por el hospital. Lo noté incómodo y no supe por qué. Me pareció que me miraba con lástima. Roberto y yo siempre nos habíamos entendido con las miradas, no nos hacían falta palabras, pero esta vez no. Él estaba como irritado, como nervioso. Las cosas se le caían de las manos y —rarísimo en él— trataba mal a las enfermeras y a las telefonistas.

Después supe que Roberto ya sabía algo que yo todavía ignoraba.

Pero era demasiado tarde. Cuando el engañado descubre

la mentira piadosa de la que fue objeto se siente mucho peor que si le hubieran contado la verdad de entrada. Igual, yo no quería la verdad. En principio, piedad no estaba del todo mal, me sentía tan abandonado que piedad me parecía un buen negocio.

El sábado llamé por teléfono a Nico a la casa de su madre.

No aguantaba más la ansiedad.

Sospeché que ya tendría las respuestas que estaba buscando, que estaría todo bien, que acabada la incertidumbre y los dolores por su rodilla, todo seguiría su rumbo acostumbrado.

—No, Osvaldo. No voy a volver. Ni hoy ni nunca. Algún día pasaré a buscar las cosas mías por ahí. No sé si fue la rutina o qué, pero lo cierto es que ya no te quiero, no me arrepiento de nada, pero... no hay más. No voy a inventar que te quiero porque ya no te quiero. No siento nada por vos. O sí, siento, pero no. Por favor, no me llames más.

—¿Cómo que no te llame más? ¿Cómo que no volvés? ¡Nico! Necesito una explicación, tengo que saber. Exijo una explicación. No me podés dejar así. Nico...

—No tengo explicaciones, Osvaldo. No insistas porque no las tengo.

—Nico, necesito saber qué sentís por mí, por favor te lo pido.

—No, no vas a querer saber la verdad. No te va a gustar.

—Nico, por favor, preciso, necesito saberlo.

—Osvaldo, siento que sólo me provocás... tedio. —Y cortó.

O sea, después de eso, el teléfono sólo dijo "túúúúúúú, túúúúú".

Evidentemente, una respuesta insuficiente.

Y por mucho tiempo, la única que iba a conseguir.

26. Hablan los orixás

La primera cosa que hice cuando Nico me dejó, fue llorar. Y la segunda, la tercera, la cuarta, la sexta, así hasta la cosa número catorce. En la cosa número quince decidí que no podía seguir de ese modo. Y la cosa número 16 que hice, hasta la 33, fue continuar llorando. Más o menos por la cosa 34 ó 35, decidí que tenía que hacer algo que me aliviara tanta lágrima. La cosa número 40 fue buscar a alguien que me tirara los buzios, los caracoles. Claro, porque supuse que las cartas de Florencia ya no tenían nada para decirme. Eran las cartas del anuncio del éxtasis y desde aquellos alegres días del comienzo, no había vuelto a consultarlas.

Me parecía que no daba.

Las cartas de Florencia eran otro recuerdo de la felicidad, entonces, ¿por qué empañarlas con un momento así? Además, no podía poner a Florencia en el compromiso de que saliera, qué sé yo, "La Muerte", que ya sé que quiere decir que hay un corte o algo así. Y Florencia me iba a venir con que era una crisis, y crisis es crecimiento, como dicen que dicen los chinos. Pero yo no era chino y no tenía ninguna intención de convertirme en chino sólo para que la crisis no fuera la porquería que era y me sirviese para salir crecido y mejor, como parece que pasa con los chinos, que si van rumbo a convertirse en el nuevo imperio mundial es porque tuvieron una crisis grande como la muralla. Y yo ya no tenía ganas de andar dando lástima por ahí. (Deporte que se convirtió en mi favorito desde que Nico se fue y todo el mundo se creyó con poder —poder que yo regalaba— de darme una palmada en la espalda y decirme "Tiempo y Esfuerzo", como si fuera una propaganda de la época de la dictadura.)

Juliana, una compañera mía del colegio que era profesora de portugués, me avisó que venía a su casa, por pocos días, desde Bahía, Roger. Roger era un pai de gran reputación, amigo de Juliana de hacía muchos años y ofrecía total confianza.

A las dos horas de que Roger bajase del avión estaba yo ahí, en la casa de Juliana, con mi problema a cuestas y la inevitable tensión a la que te somete el saber que muy pronto los orixás te abrirán las puertas del destino.

–¡Oi! ¿Tudo bom? –me dijo el morocho, petisito y con una túnica que lo cubría por completo. Juliana nos dejó solos en el living de su casa. Roger puso sobre una mesita ratona de cristal una serie de collares de plástico de colores rojos y blancos, formando un círculo. A los costados, unos muñequitos como de los Jacks, un autito tipo Matchbox y unas plumas o algo así. También encendió unos inciensos que me hicieron toser.

Me miró, tocó una campanita –"para llamar a los orixás"– y como que entró en trance.

Yo no sé si frente tuyo alguna vez un pai entró en trance. Es toda una experiencia, te juro. Los ojos en blanco, las manos temblorosas, unas palabras incomprensibles. Y entonces empezó a tirar los caracolitos en medio del círculo de medallitas de plástico. Intenté descubrir en su cara los anuncios que iba a hacerme. En realidad, la única respuesta que estaba esperando era la de la pregunta "¿cuándo vuelve Nico?", pero Roger sólo se limitó a mirar los caracolitos, mirarme, mirar los caracolitos otra vez, volver a mirarme y largar un lacónico

–¡Oh!

¿Qué puede querer decirte un pai cuando te dice "¡Oh!"?

¿Será que Nico vuelve pronto?

Sí, debe ser eso.

Juntó los caracolitos y los volvió a tirar.

De repente, alzó la vista, me miró fijo y enojado, me dijo:

—¡No cruces as pernas! ¡No cruces! ¡No dificulta!

Yo, que no sabía que estaba interrumpiendo la energía yoruba con mis piernas cruzadas, las descrucé rápido y pedí perdón.

Cuando Roger se estaba calmando, dejó de mirarme y sus ojos fueron directos al nuevo dibujito formado por los caracoles, que había vuelto a tirar.

Esta vez fue más elocuente.

—¡Oh! ¡Oh! ¡Ajá! Los orixás están por falar alguna coisa para vos —dijo Roger y yo sentí que algo iba a ocurrir. Algo trascendental, qué sé yo, la unión de los planos espirituales y materiales, un choque de planetas, estelas cósmicas delimitando el pasado, el presente, el futuro. La mesa cayó con un golpe pesado, un ruido seco y contundente. Todo tembló por un segundo, los orixás bramaron y se desplomaron de nariz sobre las cadenitas de plástico; el Matchbox desapareció, los buzios huyeron hacia cualquier parte. El cristal se estrelló contra el piso y se partió en mil astillitas brillantes.

Después de la caída, un silencio ominoso.

La cara del pai Roger se había transformado.

—¡Nunca antes! ¡Nunca antes! —Empezó Roger, parándose y bailando descalzo sobre los pedazos de vidrio.

—¡Cátulo! —gritó Juliana, entrando desde la cocina—. ¡Qué hiciste, Cátulo! —le gritaba al cocker spaniel que, escondido debajo de un sofá, tomaba conciencia del revuelo que había armado.

—¿Foi ele? —preguntó Roger, desilusionado porque la ira de los dioses había sido desatada por el maldito perro, enredado en una de las patas de la mesa ratona y no por mi accidentado destino.

—¡Me tiene podrida! —Solo pudo decir Juliana, intentando que Cátulo saliera de debajo del sofá, para recibir su merecido. El bicho, claro, ni se movió.

Entre los Jacks, el Matchbox y los pedazos de cristal de la mesa, desaparecieron los buzios y nos pasamos el resto de la noche buscándolos. Tanto tardamos que ya no tuve ganas de saber sobre mi destino. Es que, ¿qué es el futuro si cualquier perro puede venir y tirarte tu fortuna por los aires? Un destino es una cosa sólida o no es.

Cuando encontramos el último caracolito, di las buenas noches y partí. Esa tampoco era la solución.

La cosa 41 que hice fue llorar un poco más. Pero sólo hasta el amanecer.

27. Éramos pocos y apareció la psicóloga

Lloré con el teléfono en la mano y lloré frente al espejo. Salí por la calle y lloré porque tampoco podía estar en mi departamento. Cada mueble tenía un pedazo de los seis años. Recordaba dónde habíamos comprado el reloj despertador y la plancha que cambiamos tres veces porque no funcionaba. Llamaba a mi propio número de teléfono para escuchar la voz de Nico grabada diciendo que no te íbamos a poder atender pero que dejases el mensaje.

La alfombra tenía la culpa de lo que había pasado: con una tijera de podar que le pedí al chico del 3º –que no sé para qué le podía servir en su departamento interno–, la hice pedacitos que tiré por el balcón.

Pedí licencia en los colegios. Roberto me hizo un certificado. Estuve un mes sin ir a trabajar.

Durante todo ese tiempo, no dejaba de llamarlo, a veces me atendía, a veces no.

Hasta que un día, al mes, aceptó que nos encontráramos. La cita era un bar, el Aux Deux Magots. Ese lugar, ahí en el comienzo del Parque España, se había convertido en un balcón cálido para mirar el Paraná, al que solíamos ir en las tardes de domingo de invierno a jugar al *Carrera de Mente* y tomar café irlandés. Nos íbamos a encontrar en una de las mesas de los ventanales que dan al río. Llegué temprano, llegué como media hora antes. Llovía y el río era una cosa gris, como las islas. Las gotas golpeaban con fuerza en el vidrio y yo no podía sacarme los anteojos más negros que conseguí.

Entonces entró, rápido, nervioso, ya sin el yeso.

Tardé en reconocerlo.

Estaba despeinado, por primera vez desde que lo conocía, tenía el pelo un poco más largo de lo que nunca lo había tenido. Ya no usaba anteojos, tenía lentes de contacto color miel, se había puesto un arito en la oreja derecha, una remera y unos pantalones súper ajustados. Nunca se había vestido así. Tan... maricón.

—¿Qué dice la remera? —pregunté, pero ya había visto. Decía *It's easy for you.*

—Lo que estás viendo —dijo y me pareció que sonrió. Pero solo me debe haber parecido. Se sentó en la silla al lado mío, también mirando la lluvia en el vidrio y más atrás el río, y la sombra oscura de las islas.

—Sí, claro, pero, ¿qué quiere decir?

—¿Vas a cuestionarlo todo? ¿De qué tenés miedo? ¿Que quiera decir que soy fácil para los demás? ¿Tenés miedo de eso? Ya está, Osvaldo. No tenés que preocuparte por eso.

—¿Cómo no me voy a preocupar? ¡Mirá lo que decís!

—Bueno, también puede leerse como que es fácil para los demás, pero difícil para mí. ¡Qué sé yo qué quiere decir! No la compliques.

No supe entonces, aunque había pruebas claras que no quise ver —ahora sé que había pruebas claras que no quise ver— de que ya no. Que basta. Que fue. Que andá a saber por qué, habíamos empezado a entender las mismas cosas de una manera totalmente distinta. Que el punto en común que alguna vez nos había unido, ya no existía. Que con la misma magia que había aparecido, había desaparecido. O quizás nunca hubo magia. Quizás nuestras necesidades se habían ido modificando hasta acomodarse y llegó el momento en que empezaron a incomodarse. Lo que no quise ver en el Aux deux Magots era que ya todo había sido devastado.

No hubo amor esa tarde.

En su lugar quedó lo que resta en esas circunstancias, rencor, soledad, desconfianza, y la nostalgia. La mortal nostalgia del fuego apagado. Una maleza que apenas cubre el campo seco.

Me hice la misma pregunta que se hacen todas las canciones de ruptura, ¿dónde va el amor cuando se va? ¿Se convierte en qué? ¿Deja huellas? ¿Para qué sirven las huellas si no sirven para volver sobre los mismos pasos y ver dónde se torció todo y arreglarlo y asar de una buena vez esas perdices de mierda?

¿Fue amor?

—Dijo mi psicóloga...

—¿Vas a una psicóloga? —pregunté, asombrado.

—Sí, claro. Dijo mi psicóloga que tengo que ponerme a pensar un poco más en mí, porque durante mucho tiempo no pensé en mí. Que no fue casual que me haya quebrado una pierna...

—¿Cómo que no fue casual?

—Claro, es como un símbolo, ¿entendés? Yo al lado tuyo ya no puedo caminar. Yo no estoy en condiciones de hacerme cargo de vos o de contenerte, o de las demandas que puedas hacerme, vos o quien sea. Que...

—¡Claro! —Exploté—. ¡Que te cagués en mí, te dijo esa hija de puta! ¿Qué te va a decir? ¡Si vos sos el que le pagás, no yo! ¡Para esa guacha es fácil!

—Así no voy a seguir hablando, Osvaldo. Y te haría muy bien buscarte una psicóloga a vos también. Yo no puedo hacer nada. Si vos no te ponés bien, nadie se va a poner bien por vos.

Se levantó y se fue.

El amor de seis años de mi vida me dejaba, se ponía remeras ajustadísimas y pantalones que le marcaban el culo como una vedette y lo único que atinaba era aconsejarme la visita a una psicóloga.

¿Se entiende?

Quería "que me pusiera bien".

Y se fue.

Apreté con furia a Sherman que venía maltrecho en el bolsillo de mi pantalón.

No lloró.

Al menos alguien, en esa tarde de mierda no lloró.

28. Un país llamado "Carajo"

¿Te dejaron alguna vez?

A mí sí.

Es una experiencia maravillosa.

Primero te funciona la negación, como el coreógrafo de *All That Jazz* con la muerte: "No, no es cierto. No me dejó. Es una cosa pasajera. Es un paréntesis en la relación. Si lo dijo clarito: 'una tregua, precisamos una tregua', dijo. Un paréntesis sano que nos va a hacer bien. Un paréntesis necesario. Seguro. Es un tiempo, porque está confundido. Eso, un tiempo para ver qué le pasa".

Y ahí estás vos, esperando que el tiempo pase, imaginando reencuentros románticos, salidas amorosas, nuevos descubrimientos, el beso del final de las películas. Porque las películas terminan a los besos y la realidad no, otro tanto en contra de la realidad, que pierde por goleada.

Cuando el tiempo se estira tanto que ya no podés mentirte empezás a sentirte un sonso. ¿No será qué...? ¿O es que...?

Entonces comenzás a sentir odio.

Lo odiás.

Eso, simplemente, lo odiás.

Porque tenés esperanzas, tenés ilusiones y viene y te quita las ilusiones.

Viene lo peor.

Saber que no podés, de ninguna manera, odiarlo; mucho menos olvidarlo.

¿Odiarlo? ¿Por qué?

¿Olvidarlo? ¿Cómo?

Llamás por teléfono sólo para escuchar su voz. Cuando atiende, cortás con pánico. Te asegurás que es la última vez que hacés esa chiquilinada. Volvés a hacerlo. Una vez más. Otra. Varias veces. Hasta que se da cuenta y te llama por el nombre.

—...

—Ya sé que sos vos, Osvaldo...

—...

—...

—¿Me vas a tener así mucho tiempo?

—...

—¿Qué pasa, Osvaldo? ¿Qué pasa? —Encima se hace el comprensivo, claro, porque no se le ocurre, no tiene ni mínima idea de qué pasa. Siempre, los que te dejan, se van a vivir a un país que se llama "Carajo", en donde nada importa, y adquieren un idioma que no es el tuyo. Ah, y cualquier momento del pasado es un detalle sin importancia del que no quieren hablar.

—Sabés qué me pasa.

—Bueno, por lo menos hablás... ¿estás llorando?

—MMjjhou... no, no es... estoy resfriado.

—...

—... te quedaron las cosas acá en casa...

—Sí.

—...

—... lo que pasa es que no tuve tiempo. Estoy... eh... ocupado, tengo mucho trabajo.

—¿Estás de novio? —Seguramente construir el Coloso de Rodas no fue fácil. Keops, Kefrén y Micerino tuvieron lo suyo; lo mismo los imbéciles esos de la Isla de Pascua con la cara larga. Nada comparado con el esfuerzo de hacer esa pregunta. Y encima, quedarse esperando la respuesta.

—¿Qué?

Notás que lo tomaste por sorpresa. No, claro, ni se le ocurrió esa posibilidad. Ahí te asegurás que no, que no

está de novio, que es una historia que vos te hiciste, pero lo que quiere es volver. Por eso no fue a buscar las cosas que quedaron en casa. Eso es. Pronto, el final de la
película. Vamos, a buscar las perdices. Ahora sí. Lo per-
cibís.

—...
—... ¿Qué? ¿Tenés novio?
—Bueno, novio... novio... no.
—...
—¿Qué pasa?
—¿Ya estás con alguien?
—No, no es que ya "esté" con alguien... pero bueno, dejá, no tengo que hablar de esto con vos.
—¿Estás con alguien? Decime eso, nada más. ¿Estás con
alguien? —También gritás, claro. Porque los que te dejan,
además de irse a vivir a ese país del carajo y adquirir ese
otro idioma, se vuelven sordos. Y terriblemente indeli-
cados, porque si vos les preguntás si tienen novio nue-
vo, ¿de dónde sacan que querés saber si tienen novio
nuevo? ¿Cómo se les ocurre tener novio nuevo si vos todavía no terminaste nada? Necios. Se convierten en necios. Y no entran en razones. En tus razones.
—Osvaldo, no tengo ganas de discutir, ¿sí? Dejemos esto
para otro día. Por favor, no me llamés más. Yo te llamo.
Cuando te dejan, te dejan.
Eso los vuelve necios, sordos, mudos, inalcanzables.
Imprescindibles.
Son los únicos que pueden tomar la iniciativa. Se
arrogan ese derecho.
Vos sólo podés esperar que reconsideren la situación,
que se sienten con vos a discutir la cosa y entenderse
como antes, cuando no hacía falta sentarse a discutir la
cosa para entenderse.
Cuando te dejan, te matan un poco.
Pero hacen como que no lo saben.
O como que no les importa.
Quizás en serio no les importe.
Pero sí lo saben.

29. Funky Town

Lo primero que hacen tus amigos cuando tu novio te deja, es decirte que tenés que salir. *Al-mal-tiempo-buena-cara-apretá-el-pomo-la-felicidad-jajajajaja-la-cosecha-de-hombres-nunca-se-acaba* y todas las máximas de la alegría con calzador.

Yo no quería salir.

Yo quería a Nico, pero no me entendían.

Nunca te entienden cuando vos decís que no querés salir, que lo que querés es que vuelva y que es lo único que te importa.

Florencia fue la que me acompañó. Era un sábado 30 de diciembre de mitad de los 90.

—Vamos al boliche gay. Y nos vamos a conseguir dos lindos chicos —me dijo Flor.

Solo para no defraudarla, le dije que sí y permití que eligiese mi ropa, que la planchara, que me vistiese.

Al boliche había ido una o dos veces con Nico, nada más. La mayoría de nuestros amigos no eran gays y yo tenía bastante miedo de que en los colegios se comentase mi presencia allí. Por lo general, teníamos fines de semana bastante más tranquilos.

—Nadie tiene nada que decirte. Si alguien te ve, le decís que me acompañaste a mí, que soy lesbiana.

—Pero vos no sos lesbiana, Flor.

—¿Y eso qué tiene que ver? ¿A quién le importa? Dale, Osvaldo, vamos a bailar, nos vamos a divertir, nos vamos a emborrachar y vas a ver que va a ser una manera bárbara de terminar este año...

—... de mierda. Un año de mierda.

—Bueno, bueno, pero se termina. Esta noche cambia todo.

¿Te dije que Florencia ya no es tan intuitiva como cuando me anunció la llegada de Nico, el caballero del "entendimiento total, en todos los frentes, sexo, intelectualmente, espíritu..."? Si no, no hubiese insistido en ir a Station, ahí en la avenida Rivadavia, frente al Parque Norte de Rosario.

Definitivamente, las discos no son mi lugar. No veo nada, no me gusta la música, las bebidas son caras y el espacio, escaso. La histeria no es mi fuerte y menos cuando tengo que intuir a quien mirar. Por eso hasta que el chico lindo de camisa blanca no se me acercó a menos de diez centímetros y me dijo "por fin te encuentro sin *El Cid Campeador* en el medio", no noté que era Gutiérrez, mi alumnito de quinta segunda, absolutamente borracho y muchísimo más interesante de lo que yo lo recordaba en el colegio, con el saquito verde gastado y los pantalones grises. Quedé atontado. ¡No podía estar delante de un alumno de quinta segunda en Station! Mucho menos delante de un alumno borracho. Mucho menos calentándome.

—No estamos en el cole, profe. No hay nada que disimular. Siempre me calentaste y sabía que te dabas cuenta. Estaba seguro que eras gay. Dame un beso, ¡ya! —dijo Gutiérrez (¿cómo era el nombre de Gutiérrez?, ¿tenía nombre Gutiérrez?) y se me abalanzó.

Sonaba *Always on my mind* de los Pet Shop Boys.

Despojado de mi autoridad docente, no sabía cómo manejarme con un adolescente caliente.

Tenía amigos que habían pasado por trances semejantes. Por ejemplo, Eduardo, el preceptor del colegio céntrico donde cursaba Gutiérrez. Eduardo era gay pero nunca lo hubieras descubierto. Se reía, decía que a veces tenía que jurarlo para que le creyeran. Demasiado bajo para mi gusto, pero fuerte, atlético, moreno y de enormes ojos azules. Como los alumnos lo adoraban, todos los años lo invitaban a Bariloche al viaje de fin de curso. Cometió la estupidez de ir una vez pero se juró no repetirlo jamás. Fue un suplicio, con los chicos ahí, metiéndose desnudos en su dormitorio y él inventando todo tipo de mentiras para que nadie descubriese que se pasó las siete noches cogiendo con el coordinador. (Otro dios, quien a su vez, también tenía que disimular para no arruinar su fama de mujeriego que le daba los mejores réditos en la agencia de turismo para la que trabajaba.)

Con los alumnos siempre me había portado correctamente, porque de entrada sabía que no eran para mí. Claro que muchas veces estuve impulsado a romper con mis propias reglas: los chicos vienen cada vez más osados. Pero siempre tuve como un espíritu de honor de grupo. El menor desliz sería facturado a todos los gays. En ese sentido, nunca defraudé la confianza que los padres de los alumnos y el sistema educativo depositaban en mí.

Que en todo caso no debería ser ni mayor ni menor que la confianza que depositan en cualquier profesor con respecto a cualquier alumna o profesora y alumno, y etc. Pero si un profesor se voltea a una alumna no hay cientos de padres que se rasguen las vestiduras y culpen a *esos-degenerados-¿qué-querés-con-esos-putos-de-mierda?* En todo caso dirán "esa chica se lo buscó, él es un tipo grande, un hombre, ¿qué querés?, ¿que pase por estúpido?".

Ahora sonaba *Girls just wanna have fun* por Cindy Lauper.

Di vuelta la cara y los labios de Gutiérrez me mojaron el oído. Busqué desesperado con la vista a Florencia para que me salvase del momento, pero no la encontré. Lo que sí vi fueron los ojos de Nico mirándome fijo debajo de su melena con gel, sonriendo y desapareciendo entre la gente. Si soltaba a Gutiérrez, se iba a caer en el piso. Si no lo soltaba, Nico se perdería para siempre. Cayó Gutiérrez, pero Nico desapareció igual. Empujando a la multitud, procuré ese cuello largo que tanto conocía, pero ya no estaba. Lo vi irse de la disco y tardé como diez minutos antes de poder llegar a la puerta empujando gente sudorosa y alegre.

Ahora sonaba *Dancing Queen* de Abba.

Salí al aire fresco, corrí tres cuadras, estaba convencido de que lo encontraría caminando por el boulevard Oroño, en medio de las palmeras. Sí. Ahí estaba. Sentado en un banco. Fumando. ¿Cómo fumando? Si no fumaba. En seis años no fumó nunca y se lo pasaba vaciándome los ceniceros, el histérico. Muy serio.

—¿Qué estamos haciendo? —pregunté.

—No sé, yo salí a divertirme. Vos parece que estás dando clases, tu espíritu docente no descansa ni en la noche del último sábado del año —dijo sin dejar de mirar la vereda.

—No seas irónico, Nico, que no nos hace bien.

—Osvaldo, no hay nada que decir. Solo que, bueno, Rosario tiene un solo boliche gay. Nos tendremos que poner de acuerdo para no encontrarnos. Pero se ve que este fin de semana es tuyo. Dejame el próximo... se levantó y ya se iba cuando le grité:

—¡Nico! ¡Te quiero!

Sí, grité "¡Nico! ¡Te quiero!" como en la más berreta de las telenovelas, pero no se me ocurrió ninguna otra cosa. Se encogió de hombros, me miró, hizo el fuck you de las películas y se fue.

Volví a Station, tuve que discutir en la puerta porque me querían cobrar otra vez la entrada.

Ahora sonaba *I want you back* por Bananarama.

Fui directo a la barra, pedí un whisky doble y salí al patiecito. Me senté en la escalera. Me habían contado que subiendo a la terraza a veces había espectáculos privados de cierta intensidad erótica, pero no estaba como para eso. De repente, miré para arriba y lo vi venir hacia mí, directo, sin escalas, desde casi diez escalones por encima mío. Gutiérrez se me cayó encima y su cabeza fue a parar entre mis piernas. Sacó la lengua y sin parar de reír quería lamerme el cierre del pantalón.

—¡Pará Gutiérrez, estás muy borracho! —dije y alcancé

a sacarle la cabeza de mi entrepierna justo antes de que vomitase.

Lo llevé al baño, le lavé la cara y le puse la cabeza debajo del chorro de agua fría.

Ahora sonaba *Never gonna give you up* de Rick Astley.

¿Qué estaba haciendo yo ahí?

—¡Profe! ¡No quiero ser puto, profe! ¡No quiero! ¡Qué hago, profe! —Lloraba Gutiérrez.

—Bueno, bueno, ya va a pasar, ya va pasar.

—Pero no quiero ser puto, ¡¡profe!! ¡¡No quiero ser puto!!

—No te preocupes, por ahí no sos puto —le dije, acariciándole la cabeza, mientras una travesti enorme llena de lentejuelas me alcanzaba toallitas de papel que iba sacando de su cartera, absolutamente conmovida con la escena.

—¡Sí que soy puto! ¡Sí que soy puto! —gritaba Gutiérrez.

—Por ahí te parece, nomás, es una etapa de confusión que tenés...

—¡¡Recién chupé tres pijas grandotas juntas, profesor!! —gritó más fuerte Gutiérrez.

—No, entonces, es puto, me parece... —dijo la travesti.

Como pude saqué a Gutiérrez al patio, le conseguí una silla y volví a la barra a buscar otro whisky para mí.

Ahora sonaba *The only way is up* de Yazz.

Cuando volví al patio, Gutiérrez ya no estaba pero me choqué con Florencia a la que rápidamente le conté los últimos acontecimientos.

—¿Qué te parece? —le pregunté.

—Y... ¿qué querés que te diga?

—Lo que quieras, pero decime algo, es muy fuerte esto para mí.

—Y, a mí también me parece que ese chico es puto, ¿no? ¡Tres pijas! ¡Imaginate! —contestó Flor haciendo un gesto obsceno con la boca.

—¡No, Flor! ¡No es eso lo que te estoy preguntando! De Nico, digo, ¿qué te parece?

—Ah, sí, claro. Bueno, que también es puto... —y seguía con el gesto obsceno.

Ahí noté que Florencia estaba borracha y que no me

iba a ser de gran utilidad. Tomé con urgencia el whisky y le conseguí una silla también a ella, y volví a la barra por más.

Ahora sonaba *Oh L'amour* por Erasure.

Volví al patio y si no me caí fue porque la cantidad de borceguíes, remeras ajustadas, pantalones elastizados y gel por metro cuadrado que había en el lugar era superior al que me hubiera permitido hacerlo. Cuando la multitud así lo quiso, llegué hasta donde estaba Florencia.

—¿Y? —pregunté.

—Para mí que es puto —seguía Florencia con ese gesto, pero ahora también con las manos.

—Vamos.

—¿Adónde?

—A Contrato.

—¿Qué es eso?

—Un bar gay que hay acá a la vuelta, por Alvear, va todo el mundo cuando sale de acá.

—Pero si todavía no salieron de acá... —Florencia aún conservaba algo de lógica.

—Sí, pero cuando salgan no va a quedar lugar en Contrato. —Yo también conservaba todavía algo de lógica. Tardamos veinte minutos en alcanzar la puerta.

Cuando salíamos Gloria Gaynor cantaba *I will survive.* No le creí.

30. Piñas

Contrato es mucho más chico que Station.
De afuera parece un bar de barrio, cualquiera. Adentro, solo unas máscaras venecianas
y unos maniquíes destrozados envueltos en gasas y
sedas avisan que el lugar es gay. Cuando llegamos, el público todavía estaba en Station. Había música salsa. Si
bien el lugar no es bailable, algunos osados hacían unos
pasitos entre las mesas.

—¿Vamos a bailar? ¡Oye, chico, salsa para ser feliz! —gritó Flor y se puso a bailar. Conseguí dos latitas de cerveza e intenté dar unos pasitos a su alrededor como para
salvar la noche.

Entonces entró Nico, embalado en su gel y su remera
Easy for you.

Temblé. No quería verlo, me iba a sensibilizar demasiado. Aunque quizás después de todos los malentendidos,
pudiésemos hablar. Quizás había un momento para la
reconciliación. Quizás pasase de una vez esa pesadilla
incomprensible en la que nos habíamos despertado. Me
saludó con la vista, sonrió, le sonrió a Florencia... ¡y fue
a sentarse sobre las rodillas de unos pibes que estaban en
una mesa ahí, a un metro mío!

¡Lo hizo! Los pibes lo abrazaban y Nico repartía besos,
convertido en una estrella porno de cabotaje.

Salí a la vereda y me desplomé en la entrada del edificio de al lado.

—¡Osvaldo! ¿Cómo estás, Osvaldo? —Vino Florencia corriendo, ya sin rastros del alcohol de la noche.

—¡No lo puedo creer, Florencia, no lo puedo creer!

¿Vos lo viste? ¡Se sentó como una puta barata, como lo que es, arriba de esos pibes! ¡Y empezó a los besos! ¿Me lo hizo a propósito? ¿Qué carajo le pasa a ese pelotudo? ¿Por qué me hace esto? ¿Cómo me hace esto? —Y ahora que te lo cuento, vuelvo a llorar, pero ya mucho menos.

—Pará, esto debe tener una explicación, no te vuelvas loco. Lo voy a buscar, ustedes tienen que hablar —me dijo y entró al bar. Volvió a los pocos minutos con Nico detrás mirando bajo, y nos dejó solos. Nico se sentó a mi lado, apoyó su cabeza sobre sus rodillas mientras se las agarraba con las dos manos.

—¿Qué te pasa, Polí? ¿Tomaste? —me preguntó, increíblemente tierno.

—¿Qué?

—Que no te pongas mal. ¿Qué te pasa? Contame qué te pasa. —Parecía no estar entendiendo lo que había hecho, lo que me había hecho.

—¡Sos un cínico! ¡Sos un cínico hijo de mil putas, eso me pasa!

—Pará, pará. Si estoy acá es porque me estoy preocupando por vos, pero cuidado, que no vine a soportar otro desplante tuyo.

—¿Qué? ¿Vos me hablás de desplantes? ¿Vos? ¡Reventado! ¡Puto de mierda! —Ya había avisado que en esta historia nadie se privaba de decir, al menos una vez, "puto de mierda". Yo no iba a ser la excepción—. Yo estaba lo más bien, intentando divertirme con mi amiga y venís vos, y te tirás arriba del primer chongo que aparece.

—¡Pará, Osvaldo! Vos no sabés quiénes son mis amigos ahora y no tenés por qué meterte y...

Le pegué.

Le pegué una piña en el ojo y él me la devolvió y aunque ni él ni yo sabíamos, peleamos, revolcados en la vereda, hasta llegar al charco de la calle. No hubo violencia, solo una desesperación feroz, el equivalente negativo de lo bueno que nos había pasado. Florencia y dos chicos que estaban por entrar al bar vinieron a separarnos.

Yo sangraba de una ceja.

—No vas a aprender más. Vos no cambiás más... —me dijo Nico y entró al bar.

—Vamos, Osvaldo. Vámonos de acá, ya está, ya fue. Necesitás dormir... —Florencia intentaba llevarme.

Empezamos a irnos pero al llegar a la esquina me escapé de su brazo y volví corriendo al bar. Al entrar, vi a Nico abrazado con otro pibe, uno que no estaba en la mesa en donde se había sentado. El pibe le besaba los ojos y Nico apoyó la cabeza en su pecho.

—¡Qué reventado que sos! ¡Qué hijo de mil putas que sos! ¡Para eso me dejaste! ¡Para encamarte con el primer imbécil que aparezca! —grité y el público estaba encantado con el espectáculo. El pibe que estaba con Nico me quiso empujar, pero le di un cachetazo con la mano abierta. Nico sólo miraba el techo y, no sé, me pareció que sonreía.

Entre el mozo flaquito amanerado que no sabía si reír o gritar y Florencia, me sacaron a la vereda y pararon un taxi. Me quisieron subir pero me volví a zafar y volví a entrar al bar.

Nico estaba en los brazos de otro chico, besándose, repitiendo el espectáculo. Cuando me estaba por abalanzar sobre ellos, furioso y exorbitado, el aliento a alcohol del pibe me paró.

Era Gutiérrez.

—¡Profe! ¡Un trío con su novio! ¡Las veces que me hice la paja imaginándolo! —Y no paraba de reír.

Salí corriendo.

Florencia paró otro taxi y me subió.

Yo lloraba y el taxista me miró feo.

—¿Qué pasa, nunca viste llorar a un puto, vos? —le grité y le pegué en la nuca.

—¡Bájense ya mismo, degenerados de mierda! ¡Tendrían que matarlos a todos los que son como ustedes! —nos gritó el tipo y bajamos. Cerré la puerta con furia y el taxista se fue insultándonos.

Florencia me abrazó y me contó que su hermano —que

era director de un colegio privado en Buenos Aires– había hablado por teléfono con ella. Me ofrecían un trabajo en Capital. Ahí mismo dije que sí.

Al mes, vendí el Taunus 80 bordó, techo vinílico negro, y dejé Rosario.

31. Nico City Tour

Los últimos días en Rosario fueron de duelo en duelo. Caminaba por las calles de noche y cada vez compraba un nuevo boleto para el "Nico City Tour": acá la esquina de Córdoba y Paraguay, el primer beso; acá el profesorado de Nico en donde pasó cuatro de los seis años que estuvo conmigo; acá en Avenida Pellegrini la parrilla La Estancia en donde cenábamos con amigos los sábados a la noche; acá el Hipermercado Tigre abierto las 24 horas en donde una vez robamos una lata con un jamón; acá el cine El Cairo, en donde lloramos juntos al ver una de Kusturica... acá, la vida juntos, acá... ¡acá el pasado!

¿Qué es el pasado?

Eso, a ver, ¿qué es el pasado?

Todos tenemos un pasado y nadie sabe muy bien qué hacer con él: no se diluye, no se decolora, no se desinfecta, no se achica.

Se niega a acomodarse tranquilo en un rincón. Se niega a irse. Se niega a simplificarse, a hacerse un paquete que pueda atarse y guardarse.

¿Por qué carajo mi pasado es tan presente?

¿Por qué? ¿Por qué no puedo dejar de recordar cómo sonreía? Estaba un día ahí, parado al lado del placard, buscando una camisa, creo, y se dio vuelta y sonrió. Si pudiera olvidar esa sonrisa, esa imagen, volvería a creer en mi futuro.

Pero no puedo.

Todo es memoria.

Todo.

Y encima, una memoria que me hace más adulto, lo único que nunca quise ser.

Una memoria que no me deja confiar, que no me deja reír, que me hace, simplemente, un buen burgués.

Una memoria de Nico que por su propia contundencia lleva el futuro a un formulario básico, elemental, un trámite menor, una planilla que no sé si tengo ganas de llenar.

El pasado es tan real y en comparación el futuro se presenta como una simple posibilidad en miles.

Sí, claro, eso te puede hacer libre.

Pero yo no quería libertad.

Yo quería a Nico.

Y todavía lo quiero.

Solo eso.

¿En serio te parece que pido demasiado?

Sólo verlo otra vez al lado del placard, buscar una camisa, darse vuelta, sonreír.

"La vida es tan fácil cuando dos personas se aman que me parece que los únicos tratados de filosofía importantes son los boleros", pensaba mientras caminaba por la ciudad puteando. Lo de siempre, que entraba en un bar, que pedía una cerveza, que pasaba algún conocido y lo invitaba y ahí estaba yo, contándole mi drama. A veces pasaban medio conocidos o gente totalmente desconocida. Y yo ahí, contando mi drama sin poder parar. Una noche terminé con tres taxi boys llorando conmigo en una mesa del fondo del Marmagal, cada cual contando cosas terribles. Esa vez pensé que si algún día volvía a estar bien, quizás escribiese una novela con las cosas que me contaron. Pero ya me olvidé de casi todo. Y encima soy tan vago que jamás me voy a sentar a escribir una novela. A menos que sea una que tenga a Nico como protagonista.

Lo peor es que te dejan cuando te dejan, lo cual es terrible. Claro, porque si te dejaran cuando están con vos, podrías afrontar el divorcio acompañado. Pero tenés que afrontarlo solo, justo porque de eso se trata. Imaginate que te dejan un año antes de que te dejen, sería bárbaro. Lo tendrías a tu lado para enfrentar el momento. Cuando me di cuenta de que estaba pensando esto, noté lo mal que estaba. Es que soy boludo pero pocas veces había llegado a ese extremo.

El pasado como lo único real.

Y si el pasado era lo único real, no podía dejar de pensar que ya estaba muerto.

Que mi vida había acabado esa maldita tarde de la gimnasia sobre la alfombra, la operación de la rodilla y sus consecuencias nefastas sobre mi existencia cotidiana.

"¿Qué fue de mí en todos estos años?", me pregunté. Y noté que nunca antes me había hecho esa pregunta.

Hice las cosas que él quería que hiciese. Pero yo también quería hacerlas. En serio. ¿Él hacía las cosas que yo quería que hiciese? Y... sí, pero él también quería.

¿Por qué querés a alguien?

Sí, Nico es lindo, eso está claro.

Y me resulta simpático, inteligente, tierno, etc., etc., etc. No ha de ser el único en esas condiciones. Quizás no sea el más lindo, el más simpático, el más inteligente, el más tierno, etc., etc., etc. Pero entonces, ¿por qué yo insistía? ¿Habrá sido el más lindo, simpático, inteligente, tierno y etc. que me dio bola? No sé, no les di posibilidades a muchos otros para eso. (Excepto Frodo, pero tampoco me juegues sucio.)

¿Por qué él sí y otro no?

¿Por qué durante seis años yo sí y otro no?

¿Por qué ya no?

Dando vueltas por la ciudad en madrugada percibí que a los 31 había vuelto a la edad de los porqués.

Y otra vez, como cuando tenía trece y notaba que las cosas a mi alrededor no me gustaban y preguntaba por todo lo que no entendía, supe que estaba en un mundo demasiado extraño.

Un mundo sin Nico.

Una experiencia para la que ya no estaba preparado.

32. Clausewitz, Sun Tzu, Maquiavelo

Sí, bueno, pero eso era antes. Antes un encuentro era casi nada, un encuentro, la oportunidad de arreglar las cosas de manera sencilla. Si vivíamos juntos, encontrarnos en casa, o en un bar, o en el centro, o en la casa de alguien, era como respirar. Estábamos encontrados. Hasta que nos desencontramos, claro. Pero antes, encontrarnos para ir al cine, para comprar una ropa, para visitar a algún amigo enfermo, era la norma, lo usual. Un encuentro era un trámite cotidiano, un eslabón más en una cadena de encuentros que se iban sumando hasta la noche, hasta los jueguitos en la cama y el despertarse y decirse que iba a ser un buen día porque lo íbamos a empezar juntos o eso.

Bueno, ya no.

Ahora preparar un encuentro con Nico me obligaba a una junta previa con Clausewitz, Sun Tzu y Maquiavelo. Qué decir, cuándo y cómo, dónde, qué ropa, qué temas ni rozar, cuál era el mejor momento para callar y cuál el mejor momento para irse. Todo llevaba demasiado esfuerzo pero yo estaba que me iba de la ciudad y tenía que tener una charla a fondo. Lo deseaba más que nada.

Finalmente, quedamos para un sábado a la tarde.

Él pasaría por casa, veríamos cómo separábamos las cosas, los muebles, los libros, la vida.

Apareció, raro y puntual, a las cinco de la tarde.

Raro por puntual, por cómo estaba vestido. (Otra vez, remeras ajustadas, anteojos de contacto ¡celestes! y un gorrito puesto al revés.)

—¿Qué pasó con la alfombra? —Fue lo primero que preguntó, bien, no parecía que quisiese pelear, parecía bien.

—No sé —dije y me di cuenta que quedaba como un boludo, cómo una alfombra podía desaparecer sin que el dueño de la casa se diera cuenta, ¿qué?, ¿dijo "chau, me cansé de ser pisoteada por cualquiera" y se fue por la puerta? Pero no se me ocurrió nada. No preguntó más. Quizás intuyó algo, lo cierto es que no preguntó más.

Nos sentamos en el piso del balcón. Terminaba febrero y desde aquella vez de Año Nuevo, no habíamos vuelto a hablar.

—Me voy —dije, no lo miré.

—¿Ah, sí? —preguntó y no supe si ya alguien le había contado, pero no pareció muy sorprendido.

—Me voy a vivir a Buenos Aires —dije.

—Yo me voy a vivir a Río de Janeiro —me soltó, así nomás.

Nuestro único viaje internacional había sido, justamente, a Río de Janeiro. En el mismo momento que pusimos el pie en el aeropuerto de El Galeao supimos que era ahí donde queríamos vivir. El clima, el lugar, la gente, la música: Río era para nosotros y si vivíamos en Rosario era otra demostración de lo apurado que había estado este hombre de barba de los seis días y la cantidad de errores de terminación que presentaba su obra.

Los mejores días de la relación los habíamos pasado en Río, caminando por Ipanema o eligiendo compacts en las disquerías Gabriella por Copacabana.

Río de Janeiro era nuestro, no de él sólo.

No se podía ir a Río de Janeiro y dejarme a mí acá.

—Rosario me asfixia —dijo—, tengo que empezar una vida nueva y no puede ser en esta ciudad.

—Venite a Buenos Aires conmigo.

Sonrió, me miró como se mira a un nenito que pide que le traigan la luna de regalo y no dijo nada.

—Yo me voy dentro de dos semanas, ¿qué hacemos con las cosas? —Creí que poniéndome práctico podía solucionar algo, pero no aguanté nada la fachada de hombre interesado en las cuestiones materiales—. ¿Cómo es lo de tu viaje? ¿Ya tenés fecha? ¿A qué te vas? ¿Qué vas a hacer? ¿Vas con... alguien?

Volvió a sonreír.

Estaba de espaldas a la ciudad.

Se dio vuelta, miró la calle España hacia el río.

Se me empezaban a caer las lágrimas.

Yo no quería, pero se me empezaban a caer las lágrimas.

—No sé todavía, no sé nada. Me anoté en la beca. —"La Beca" era una posibilidad de vivir en Río que ya muchos compañeros nuestros habían probado con éxito. Hay muchos posgrados para las ciencias sociales en Río y más de una vez hablamos, en la quietud de la noche, de un eventual pedido de esa beca... ahora ya no dependía de mí.

—Ajá. —Me odié por decir "ajá". No había nada más pelotudo para decir que "ajá". Pero ahí estaba yo, diciendo "ajá" como un imbécil, mientras Nico firmaba el certificado de defunción de "lo nuestro".

El reparto de cosas fue sencillo y equitativo.

—Hagámosla fácil. Somos dos buenos tipos y no nos vamos a cagar —dijo y a mí lo que me intrigaba era por qué él no lloraba.

—Nico, yo no puedo parar de llorar desde que te fuiste y todavía no te vi largar una lágrima, ¿por qué, Nico? ¿Por qué no llorás? —pregunté bajito mirando la calle desde el séptimo piso.

—No sé, Osvaldo, no sé. Creo que cuando empiece a llorar me voy a secar. Pero no puedo empezar. No lloré, es cierto, y no creo que vaya a llorar por ahora. —Nunca hubiera podido pensar, en esas circunstancias, que el final no era lo mismo para los dos. Que él no tenía mucho por qué llorar. Que él no era yo. No podía concebir, a pesar de la fuerza de las evidencias, que él terminaba "lo nuestro" porque quería. Porque lo elegía a conciencia. Porque con todo lo que le habrá costado, consideraba que era lo mejor para él.

Anotamos las cosas que él se iba a llevar, sólo le pedí no estar en el momento en que lo hiciera.

—¿Y con los discos, cómo hacemos?

La pregunta, aunque ahora parezca tranquila y adulta,

era difícil y encerraba tantas cosas que me iban a doler tanto. Los discos éramos nosotros mismos. Las canciones eran el mundo que nos habíamos inventado, contra todas las cosas horribles que venían de afuera. En las canciones estaba nuestro amor y nuestra alegría. Y ahora teníamos que ver cuál era la porción que le correspondía a cada uno.

—Yo pensé algo —dijo, y yo ya sabía que iba a aceptar—, aunque sea simbólico, o no sé, hagamos una cosa. Yo voy a separar los discos que sí o sí, quiero que te quedés. Vos separás los que querés que yo tenga.

Me pareció tan romántico el gesto que no entendía por qué nos estábamos separando.

Y entonces hice algo que creí lleno de amor, algo que me ponía en un plano superior, de bondad absoluta. Agarré los quince (¡quince!) cd que teníamos de Caetano y ¡se los di!

—Pero si Caetano es tu ídolo, los compraste vos, no, no los puedo aceptar —me dijo.

Y yo, recontra bueno, insistí.

"Bueno, en realidad, solo le estabas pidiendo que te recuerde para siempre y que cada vez que los escuche sepa que fuiste vos quien se los dio. Querés que le quede claro que el que le enseñó lo que era bueno, fuiste vos", me dijo Gustavo, en una de las dos sesiones semanales. Y encima, le pago para eso.

—Osvaldo, vos sabés que sos importante para mí. Siempre vas a ser importante para mí —me dijo, mirándome desde el fondo de sí mismo.

—Sí, claro. Soy importante para vos. —Quise sonreír—. Importante. Como Hitler para seis millones de judíos. —Los chistes también me salían mal.

En el dormitorio se puso a guardar su ropa en un bolso. Primero, las remeras de verano, los shorts, las camisas de mangas cortas. Yo me tiré en la cama y lo miré. Estaba el placard, estaba él, no estaba la sonrisa. Pero igual, se dio vuelta. El placard, él, yo.

Se sentó en la cama y me miró. Se encogió de hombros

e hizo un gesto. Un gesto como de "Qué se le va a hacer" o "no es culpa de nadie". Pero yo lo entendí como un "jodete".

Un gesto que me hacía mal.

Sí, esa noche volvimos a acostarnos juntos y yo no podía parar de pensar que ya no.

Nada, absolutamente nada fue igual.

Nunca coger con Nico fue tan triste.

En medio de la madrugada se levantó, se vistió, agarró su bolso y se fue. Yo me hice el que estaba dormido. Lo escuché irse. Escuché cada uno de los sonidos. Su cuerpo entrando en la remera, los cordones de las zapatillas, el bolso siendo levantado. Después, los pasos rápidos e impersonales, la llave en la puerta del living, el ascensor (que no confundí con un semáforo), la puerta de calle, los pasos sobre la vereda, el colectivo que pasó por la esquina, las cuadras que caminó rápido, casi sin mirar, casi de memoria, hasta la casa de su madre, la llave en ese departamentito contrafrente, el apoyar del bolso en el piso, la madre que –despierta todavía– le preguntó cómo estaba, él que no respondió, él que se tiró en su camita de una plaza en la habitación donde velamos al padre, él apenas llorando bajito, él respirando rápido, él cayendo dormido, él sin soñar conmigo.

Y entonces no escuché nada más.

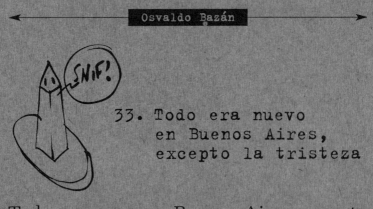

33. Todo era nuevo en Buenos Aires, excepto la tristeza

Todo era nuevo en Buenos Aires, excepto la tristeza.

Nueva ciudad, nuevo trabajo, nuevo departamento, nuevos amigos, nuevos alumnos y la sensación de que todo eso no me importaba nada.

El primer mes fui a vivir a la casa de Alicia, mi antigua compañera del profesorado, que ya se había casado con el profesor de Semiótica que había conocido en el congreso de La Falda. Después, con lo que había sacado del Taunus 80 bordó, techo vinílico negro, me alquilé un departamentito chiquito, un monoambiente con kitchenette, interno y obviamente en el Centro y ahí me fui, con lo poco que había salvado del divorcio.

En un principio pensé que el trabajo en el colegio privado que me había conseguido el hermano de Florencia me iba a dar buen dinero pero ninguna satisfacción de realización personal. Como sabés, siempre desconfié de los institutos privados y de la oligarquía en general. Por eso conseguí por mi cuenta dos tardes de trabajo en unos colegios públicos de barrio.

Me equivoqué, claro.

En los colegios públicos pude trabajar bien, es cierto. Pero nunca tuve tantas oportunidades como en el privado. Es que los ricos —tardé un poco en descubrirlo— no son ingenuos. Sus colegios son buenos porque son los laboratorios en donde se aseguran su continuidad como elite. Ellos sí saben lo que importa la educación. Por eso el ministerio siempre destina dos pesos al presupuesto de la educación pública. Los que importan están bien educados. Y yo era funcional a ese plan, cosa que en otra época de mi vida me hubiera hecho vomitar. Pero estaba tan encerrado en mí mismo que recién lo noté unos meses más tarde. Ahora lo estoy notando. No sé que voy a hacer en el futuro próximo con este trabajo.

En todo caso, mi alma no estaba pensando en la docencia, en los primeros meses en Buenos Aires. Yo estaba caminando por Rosario buscando un pulóver azul con dibujos geométricos negros. Pero estaba en Buenos Aires. Y no había un puto pulóver azul.

Entonces tuve que hacerme de nuevos amigos. Fue más fácil de lo que yo pensaba.

34. A seis o tres grados de todos

Primero conocí a Gonzalo, que había curtido con El Chaqueño y era amigo de Javi y de Franco. Javi había tenido una historia con Hernán, ex de Gonzalo. O la historia había sido entre El Chaqueño y Franco mientras que Javi y Hernán eran amigos de la infancia. O Hernán y Franco habían sido amantes por poco tiempo, Gonzalo y Javi pasaron juntos una noche y Hernán también se llamaba un ex de Franco.

Bueno, no sé, pero, ¿viste el juego de los seis grados de Kevin Bacon? Es un juego que dice que todos estamos a seis pasos de todos. Yo estuve con vos —no, es un decir—, yo estuve con vos, que estuviste con tal, que estuvo con tal, así, seis veces. El sexto es Kevin Bacon. O cualquiera. O sea, que todos estamos a seis pasos de quien se te ocurra.

Bueno, aprendí que entre los gays de Buenos Aires con tres pasos ya está. Te descubrís en medio de la charla diciendo: "¿Con ese? ¡Ah, yo también!".

Casi siempre es verdad.

Puede ser divertido, a veces.

Y otras veces ni decís "yo también".

Los hilos que nos unen parten siempre de la cama. Algunos después se cortan, pero otros duran. La razón por la cual eso ocurre es alegremente misteriosa.

Bueno, pero lo que te quería contar es que muy rápidamente en Buenos Aires tuve un grupo de amigotes con los cuales salir y divertirme. Nuestra internacional es solidaria y como bien recordaba la máxima de Florencia antes de la aparición de Nico: "Cogé, que cogiendo se conoce gente". Claro que no me había olvidado de Nico, pero mi presupuesto no alcanzaba para viajar todos los fines de semana a Rosario y además, para qué viajar, ¿para quedarme toda la noche esperándolo en la puerta de su edificio y que no apareciera, como me pasó una vez?

Así que con los chicos comencé a salir en la noche porteña, algo inimaginable para mí unos meses atrás.

Hacíamos base en Sitges, por la Avenida Córdoba. Era un sucuchito muy simpático, que se llenaba a tope viernes y sábado, pero también congregaba mucho público los jueves y los domingos. "A tope" quiere decir que, en determinado momento de la noche, ya no te podías mover, donde quedaste, quedaste. El nombre "pre-dancing" era medio mentiroso, porque en realidad muchas veces íbamos ahí y no la seguíamos en Bunker, Contramano o Enigma. Simplemente nos quedábamos ahí. Antes –ahora ya los sacaron– cada mesita redonda tenía un teléfono colgado de un soporte, con un número. En medio de la charla con tus amigos, sonaba el teléfono y una voz te decía: "No, vos no, es para tu amigo el de remera verde. ¿Tiene novio?".

Y todos nos reíamos como nenes y competíamos por ver quién descubría primero de qué mesa estaban llamando. Al final, si el que llamaba no era descubierto, te terminaba diciendo el número de la mesa y todos mirábamos para allá y el tipo solía poner cara de nabo. No, si estabas lo suficientemente borracho era divertido.

El Chaqueño tenía una costumbre que se iba agudizando a medida que aumentaba su ingesta de cerveza: se ponía a imitar el grajeo del pacaá. (Según él mismo insistió siempre, el pacaá era un ave zancuda y olorosa del noreste argentino, a la que nunca ninguno de nosotros vio pero no nos hacía falta.) Y se le había dado por imitar al pacaá cada vez que veía un chico alto, de anteojos y frente amplia. Era una señal –bastante ostentosa por cierto– con la que me avisaba que estuviera alerta. Llegué a creer que en esos momentos me olvidaba de Nico, pero en realidad no hacía más que buscarlo. Bolero típico: en otros brazos buscaba los suyos. Pero Sitges era en ese momento cruel una burbuja hospitalaria. La música era un papelón y estaba buena. Cerca de las tres de la mañana ponían Xuxa y era como un casamiento. O era como hubiera sido una fiesta de casamiento si hubiéramos podido. Tortas y trolos abrazados hasta que Javi –que aunque era diseñador gráfico y, por lo tanto, fan de Björk, Morcheeba y Massive Attack, sabía todos los pasos de las canciones de Chayanne– proponía subir al pequeño escenario del fondo del lugar y nos obligaba a hacer la coreo.

En eso estábamos cuando escucho el destemplado grito del pacáa, que me puso en alerta. Por sobre los pasos absolutamente faltos de ritmo de Gonzalo vi al Chaqueño señalarme con la pelvis –obligado por el pasito de *Provócame*, cuando dice "provócame, a ver, atrévete, provócame, a mí, acércate"– un cuello largo, una frente amplia, unos anteojos. Quedé paralizado. ¿Era? No, no era. Sí, era. Era pero no era. Sí, era, era. No, era parecido. Muy parecido ¿O era? Era. No.

En medio del loquerío, el muchachito parecía hablar con todos, saludaba con un beso en la mejilla y se iba. Andaba repartiendo algo que supuse *flyers* de descuento de alguna disco. No podía ser Nico, que yo supiera no estaba en Buenos Aires. ¿O habría venido de incógnito, a buscarme? Bajé, para enojo de Javi que odiaba interrumpir sus coreo sincronizadas y llegué como pude hasta él. Me había hecho práctico en lugares atestados y un camión de borceguíes y geles ya no me amedrentaban. Buenos Aires me había cambiado mucho.

Conseguí alcanzarlo gracias a dos chicas que directamente me lanzaron sobre él. Me miró. ¿Era? No. No era. ¿O sí?

–Hola –dijo el que parecía que era y parecía que no era–. Tomá, no faltes. –Y me dio un papelito.

Me quedé mirando cómo se perdía entre un grupo de chicas que cantaban a los gritos, como si terminaran de ganar un partido de hockey: "¿Qué misterioso asunto ocultarás? / ¿Por qué secretamente vienes y vas? / No dejas huellas pero sé que estás". Y ahí entendí que Chayanne me estaba dando una pista. Tenía que seguir a ese chico.

Miré el papelito que me había dejado.

Decía: "Sábado 30 de octubre. Marcha de Orgullo Gay. Salimos de Plaza de Mayo. No faltes".

Ya tenía un objetivo.

35. La marcha del orgullo

El llamado de Gonzalo me despertó a las tres de la tarde. Se iban a juntar todos en su casa y de ahí salían para la marcha. La decisión que tenía la noche anterior se me había ido. ¿Quién era ese chico del volantito? ¿Lo iría a encontrar ahí? ¿Era o no era? ¿A qué iría yo a una marcha de orgullo gay? ¿De qué podía estar orgulloso si hacía dos años que no paraba de llorar? Igual, fui hasta el departamento de Gonzalo que quedaba cerca y ya estaban todos ahí. Bueno, todos no. Franco se había ido de Sitges con un chico igual a la Pitufina y no compareció por lo de Gonzalo, aunque aseguró que después se unía a nosotros en la marcha.

Cuando llegué, El Chaqueño ya había decidido no ir.

—Lo pasan por *Crónica TV*, ¿me querés decir cómo explico yo después en Resistencia?

—Dale, nene, si se te nota igual.

—No, yo allá disimulo más... —dijo entre carcajadas.

—¿Lo pasan por la tele? —preguntó Javi—. ¡Uy! Bueno, no es nada, me pongo una careta. —Y ahí nomás le pidió a Gonzalo una cartulina. En realidad, así no lo hubieran pasado por la tele, Javi no se iba a perder la oportunidad de diseñar algo.

—Escuchame, Javi, si del estudio de diseño deben ir todos, ¿qué problema te hacés? —dije y reímos.

Gonzalo se había puesto una remera del Che Guevara. El Chaqueño le dijo que le cambiara el "Hasta la victoria, siempre" por "Por la retaguardia, siempre". Todavía nos duraba el efecto del alcohol porque nos reíamos por todo.

—¿Cómo no vas a ir, Osvaldo? —me dijo Gonzalo—. Ahí van a estar todos los Maxis, todos los Pablos, todos los Matías, todos los Santiagos, todos los Nicolás.

—Todos los Nicolás, no, Gonza. Todos no.

—Mirá que viene una delegación de Rosario —me dijo y El Chaqueño empezó con el gorjeo del pacáá.

—Pero la verdad, chicos, ¿orgullosos de qué? O sea, todo bien, yo no tengo problemas con ser gay, pero, ¿orgulloso? —pregunté.

Javi y El Chaqueño miraron a Gonzalo, que se moría de ganas de contestar. Noté que ya lo habían charlado y, como de costumbre, Gonzalo era el que bajaba línea. Se ve que en el grupo era el encargado de poner los caballos adelante del carro. O atrás... eh... el encargado de los caballos y el carro, digamos.

—Estar orgulloso de aquello de lo que quieren que te avergüences los deja sin argumentos.

—Es como cuando te dicen "puto", si te ponés a gritar "¡no!, ¡no!" les das argumentos. Si les decís "a mucha honra" los desarmás —dijo Javi, sin dejar de pegotear unas brillantinas.

—¿Y entonces por qué usás la mascarita? —Se rió El Chaqueño.

—Porque una cosa es todo lo que puedo decir y otra perder el laburo.

—No vas a perder un laburo de diseñador por ir a la marcha de los trolos —conjeturó El Chaqueño.

—Mejor no averiguarlo.

Bueno, al final decidimos ir.

Yo tenía dos objetivos que no eran tan políticos como los de Gonzalo, pero me parecían válidos.

1. Había una remota posibilidad de que apareciera Nico con la delegación de Rosario.

2. Había una posibilidad más remota todavía de que el chico del folletito hubiera sido Nico que disimulaba su presencia entre la gente solo para sorprenderme.

Mis amigos, cuando planteé esta posibilidad se miraron y al unísono me gritaron: "¡Cortala!".

Supuse que ya no eran tan tolerantes con mi circunstancia como cuando los conocí.

Llegamos a la Plaza y parecía que nos conocíamos todos. Ya no estábamos a seis pasos. Ni siquiera a tres.

Javi —con una careta de siete colores llena de purpurina— y yo estábamos maravillados. Todos conocían a Gonzalo. Y Gonzalo, que nunca recordaba dónde dejaba las llaves o los documentos, reconocía a cada uno por el nombre. Era una agenda caminando. Parecía a un paso de todos. Si aparecía Kevin Bacon por ahí, lo saludaba con un beso.

De un camión gigantesco, adornado con globos de colores y banderas del arco iris salía la música de cada sábado a la noche, solo que distorsionada y un poco más insoportable. Con cuatro bombazos se dio por comenzada la marcha de unas cuatro mil personas por la Avenida de Mayo hasta el Congreso. Había travestis enormes, unos barbudos uruguayos vestidos como monjas, y mucha menos gente que la que encontrábamos cada noche en los boliches. A Gonzalo lo perdimos apenas salimos de la plaza. Y Javi tardó solo dos cuadras en sacarse la careta. Se animó cuando vio a su jefe loqueando con el grupo de osos.

A todos los que conocía de Rosario les preguntaba por Nico, pero nadie sabía nada. Al llegar al Congreso encontramos a Gonzalo hablando sin parar con el pibe que llevaba la bandera de Amnesty Internacional, un punk flakito como le gustan a él, con las orejas llenas de aros.

De golpe, el machacoso sonido que venía de los parlantes del camión se paró en seco, la multitud hizo un silencio vigilante y absorto. Cuatro mil almas expectantes en medio de Buenos Aires y un grito que partió la noche de primavera: era el pacáa que tan bien conocíamos. Miramos hacia arriba: parado sobre el camión de *Crónica TV*, al lado del camarógrafo, al que tomaba por la cintura, El Chaqueño nos hacía señas. Se había asegurado el único lugar en el que las cámaras no lo podían tomar.

Como todos los años, la ceremonia terminó con un beso público. Desde el escenario, los organizadores gritaron que ese beso entre gente del mismo sexo, en esa Plaza del Congreso, era un gesto de libertad. Es un momento muy emotivo para las parejitas que hacen todo el trayecto tomados de la mano, y bastante calentorro para los que andan ahí por las suyas, acomodándose de entrada para que ese momento los encuentre casualmente al lado de alguien interesante. Yo me di cuenta tarde y cuando ya todos estaban a los besos me quedé tan sorprendido por ver a Gonzalo con el de Amnesty, al Chaqueño con el camarógrafo, a Franco con la Pitufina y a Javi ¡con su jefe! que apenas noté que casi rozándome la nariz me encontré frente a frente con un chico flaco, de cuello largo, de frente amplia, de anteojos. Un chico que era Nico y no era Nico.

Me abrazó y me besó.

Un beso largo, apasionado, en medio de la plaza, y mucho no importaba si era un acto de reivindicación o no.

Y entonces supe, sí, que no era Nico.

Y la diferencia me destrozó.

36. Curly for President

Un fin de semana largo, Roberto y Cecilia se aparecieron por mi departamentito. (Habían dejado los nenes con las abuelas, era una suerte que tuvieran dos, así nadie se ponía celoso.)

—Tenés un buen laburo, estás cerca de todo acá en Buenos Aires. A vos te gusta el teatro, el cine, la música. Acá tenés todo, Osvaldo, y todas las bibliotecas y las librerías abiertas de noche. —Se entusiasmaba Roberto mientras caminábamos Corrientes después de recorrer la fotogalería del San Martín—. Dejate de joder con Rosario. Tu vida es acá, instalate de una vez.

—Vos porque querés tener un lugar para venir a Buenos Aires sin tener que pagar hotel —dije, sonriendo. Durante mucho tiempo, con ellos y con Nico, una vez cada seis o siete meses, veníamos a la Capital, a algún recital, o a la Feria del Libro, o cosas así y buscábamos hoteles baratos y nos quedábamos los fines de semana largos. Y lo pasábamos bárbaro.

—Te voy a decir una cosa que puede sonar jodida, pero no es tanto —me dijo Cecilia esa misma noche, un rato después, mientras comíamos un puchero descomunal en un restaurante español de Avenida de Mayo—, un clavo saca a otro clavo. Basta de Nico. Buscate alguien, sos un tipo interesante, hay miles de pibes que morirían por alguien como vos. Nico no es el único hombre del mundo, además... —Se calló. Lo miró a Roberto y él también bajó la vista. Tenía que ser muy tonto para no darme cuenta.

—¿Además? —pregunté, pero ya sabía.

—Nada, dejá —dijo Cecilia.

—Sí, ya sé, supongo que está con alguien... ¿no? ¿Está con alguien?

—Osvaldo, ya no es tema tuyo. Ojalá le vaya bárbaro, ¿no? Preocupate por vos —me dijo Roberto. Ahí supe que yo no era tan bueno como pensaba. Sí, claro, ojalá le vaya bárbaro. Ojalá le vaya bárbaro conmigo, y si no es conmigo que se vaya a cagar y que no le vaya bárbaro un carajo. Es mentira que yo quiera su felicidad sin mí. Su felicidad sin mí es una verdadera porquería.

No hablé más y nadie habló más.

De vuelta en el departamentito, mientras acomodaba un colchón en el piso, Cecilia me abrazó y me dijo:

—¡Te quiero! ¡No te destruyas!

Roberto miraba desde la kitchenette al tiempo que intentaba destapar una botella de Calvet Brut. La compartimos y nos dormimos.

A la tarde del día siguiente, un domingo, salimos a caminar otra vez por Corrientes. Entramos en la librería Gandhi. Roberto y Cecilia se quedaron viendo compacts y yo me mandé a los libros. Entonces conocí a Martín.

No tenía frente amplia, no tenía cuello largo. Era colorado. (*Nunca curtí con un colorado* era el título que habíamos inventado para una de las autobiografías truchas que nos hacían reír con Nico, en las noches de Rosario.) No era muy alto pero tenía anteojos, pecas y una sonrisa limpia. Tenía treinta años y hermosos dientes blancos.

Yo estaba enfrascado en una pila de libros de texto cuya existencia desconocía y sin que lo notase se me acercó desde atrás y casi en el oído me dijo: "El problema de las librerías es que los compradores están tan absortos que no te dan bola". Me di vuelta y vi su sonrisa. No sé si me impactó más su sonrisa, su caradurez, o que emplease la palabra "absorto" para un levante. Era la primera vez que alguien me quería levantar diciendo "absorto".

Sonreí.

—No, es que... sí, estoy absorto —dije.

Entonces, como si fuese lo más natural del mundo, me dio la mano y se presentó.

—Hola, soy Martín, ¿cómo andás?

Lo miré fijo y me enamoré.

Debe haber sido una corriente eléctrica demasiado fuerte porque de algún lado cercano se cayó una pila de libros. Nos agachamos al mismo tiempo a juntarlos y el mechón que le caía en la frente rozó mi frente. Como en una propaganda de desodorante, cuando levantó el rostro estábamos a cinco centímetros e hizo el gesto típico de los que tienen anteojos, eso de acomodárselos llevando el dedo índice al armazón en la nariz. No sé si ya te conté, pero ese gesto puede matarme en menos de dos segundos. Si querés conquistarme, ya sabés, levantate los anteojos con el índice a la altura de la nariz y me matás.

—No te preocupés, todo lo que se desacomoda, finalmente se acomoda —me dijo como si estuviese hablando de mi vida.

Ahí aparecieron Roberto y Cecilia, contentos con mi nuevo amigo. Los presenté, me pareció que Martín se puso incómodo y dijo algo de llamarme después. Los chicos se querían ir para dejarnos solos, pero Martín aseguró que lo esperaban. Le di mi teléfono y me quedó claro que nunca lo iba a volver a ver. Roberto y Cecilia se reprochaban mutuamente la intromisión, pero, bueno, ¿qué podían hacer? Los acompañé a la terminal de ómnibus y al volver a casa de tardecita, tenía un mensaje de Martín en el contestador.

—Perdoname por lo de hoy, pero me puse nervioso con tus amigos y no supe qué hacer. Si querés, llamame. —Y me dejaba su teléfono.

Claro que lo llamé, y sin muchas vueltas nos citamos para el día siguiente en la plaza del Obelisco.

Era lunes, a las ocho de la noche —se ve que mi hora romántica es las ocho de la noche—, y lo vi llegar.

Era más lindo de lo que yo recordaba. Tenía puestos unos jeans gastados, zapatillas negras y una remera blanca con la inscripción *Curly for President*. Después de saludarme me dio un paquetito. Tenía un osito de peluche que decía ¡Hola! y un chocolatín. Mientras yo abría el regalito, hizo el gesto de los anteojos.

Decí la verdad, ¿vos no te hubieras enamorado?

37. Será que me gustan los problemas

Nada de historias de treintaypico.

No quería empezar eso de "vengo jodido, estoy desconfiado, el mundo me hizo mal, enseñame a querer otra vez". Esas, de los jóvenes que dejan de serlo y se dan cuenta de que el mundo es más horrible de lo que esperaban y encima no tienen ganas de cambiarlo, no me gustaron nunca.

No tenía nada de ganas de protagonizar un teleteatro serio.

Yo quería seguir siendo un adolescente, papel que tenía tan bien ensayado y que ya me llevaba 32 años.

—Mirá, yo todavía estoy enamorado de Nico, así que si querés estemos juntos mientras Nico vuelve, pero más no me voy a comprometer —le dije como el estúpido que era, esa primera noche que pasamos juntos, ya de madrugada.

—Mirá, yo todavía estoy enamorado de Gabriela, así que si querés estemos juntos mientras Gabriela vuelve, pero más no me voy a comprometer —me dijo, como el estúpido que él también era.

Ocho años de casamiento, una hija de cinco —Rocío—, una indefinición militante a la hora de su orientación sexual y una profesión imposible —biólogo marino—, lo ubicaban en el rubro "problemáticos".

Y bueno, será que me gustan los problemas.

La fórmula convenida fue amistad con sexo.

"¿Puede el hombre ser amigo del hombre?", me pregunté otra vez.

Salíamos los fines de semana a bicicletear por Palermo,

o llevábamos a Rocío a ver los payasos de la Recoleta. Fui otra vez, puta madre, "el tío Osvaldo", aunque intenté no intimar demasiado con la nena porque me parecía una trampa peligrosa. Yo no era el tío, sólo me acostaba con su papá.

Durante la semana, a veces nos encontrábamos en su departamento de San Telmo, a veces en el mío del Centro. Ese domingo, Central venía a Buenos Aires a jugar con River en el Monumental. Me dieron muchas ganas de ir, vos sabés que acá apenas hay información de los equipos del interior y a los partidos de Central muchas veces no los pasan por la tele. A este lo iban a televisar, por River, pero decidí ir a la cancha igual. Martín no quiso venir porque el fútbol lo embolaba así que se iba a quedar con la nena.

Cuando ya tenía la camiseta y el gorrito de Central puestos pensé que en una de esas Nico venía al partido. Era imposible, claro, nunca antes lo había hecho y supuse que menos ahora en su faceta Cris Miró pero, ¿y si estaba?, ¿y si aparecía de nuevo y como forma de venganza o lo que fuere me hacía lo de la última vez allá en Contrato?, ¿y si se tiraba a toda la hinchada de Central sólo para joderme la vida? Supe que no iba a mirar el partido, que me iba a pasar toda la tarde buscándolo entre los fanáticos canallas, así que decidí no ir.

Como la tarde recién empezaba no tuve mejor idea que llegarme hasta el departamento de Martín y esperarlo ahí, a que volviese con Rocío del habitual paseo dominguero.

Tenía llave y supuse que iba a ser una buena sorpresa.

Sí, fue una buena sorpresa.

Más que nada para Gabriela, que se encontró de golpe con el amante de su ex marido abriendo la puerta del dormitorio en donde ella intentaba su reconciliación con sus armas más húmedas y él no estaba, por decirlo de alguna manera, completamente a disgusto con la situación.

—¡Que este puto de mierda se vaya ya mismo de acá!

–gritó tapándose las tetas con las sábanas que yo había aconsejado comprar–. ¡Que se vaya, Martín!

No es que sea misógino, pero las mujeres me han hecho mal.

O es que por ahí soy misógino.

–¿Sabés por qué soy trolo? –le dije una vez a Roberto, estábamos muy borrachos porque él estaba a punto de recibirse de médico–. Por machista. ¿Viste los machistas insoportables que dicen que las mujeres solo sirven para eso? Bueno, yo soy peor. Yo creo que las mujeres no sirven ni para eso. Y que no me vengan con eso de que nunca se pudieron destacar porque siempre fueron relegadas a las tareas domésticas porque es mentira. ¿Siempre se tuvieron que quedar en la casa a coser y cocinar? ¿Y entonces, por qué los grandes modistos y los grandes cocineros son hombres? ¡Por superiores, viejo! ¿Que el hombre es la fuerza y ellas la sensibilidad? ¿Sí? ¿Hay algún maestro de la pintura que sea mujer? Van Gogh, Miguel Ángel, Modigliani, Picasso, todos hombres. ¿En la música? ¿Hay alguna mujer que se le acerque al menos a Mozart, a Beethoven, a Chopin? ¿En la literatura? ¡No me vas a venir con Marcela Serrano o cosas así! ¡Mirá en el ajedrez! Los rusos les enseñaron de chiquitas, como a los pibes. Pero no hay ninguna Kasparov con polleras.

–A veces sos tan boludo –sólo contestó Roberto–. Que no se entere Cecilia de esta estupidez que estás diciendo porque te saca de su lista de amigos.

–No es ninguna estupidez, y te digo más, a las que menos entiendo es a las lesbianas, dejame de joder. ¡Pudiendo coger con un tipo sin problemas, van a elegir mujeres, andá!

–Bueno, yo las entiendo. Yo también elijo mujeres, que me resultan muchísimo más sensuales que los tipos –me dijo y agregó–: Además, no te creo nada. Compartís con las lesbianas el gusto por gente de tu mismo sexo. Tenés un montón de amigas mujeres, adorás a tu vieja y no te falta un disco de Ana Belén. Sos puto, y listo, dejate de joder, no le busqués excusas ni vueltas.

Mi amigo, una vez más, insistía con lo de "sos puto".
Es tan simpático.

Lo de siempre, que cuando estaba muy metido en problemas o situaciones que me superaban me acordaba de alguna charla con Roberto. Estaba, otra vez, en un problema o al menos, en una situación que me superaba.

Había quedado claro con Martín.

Éramos amigos con sexo.

Entonces, ¿por qué no podía dejar de llorar como un idiota mientras cerraba la puerta de su edificio y tiraba la llave a la boca de tormenta de la esquina?

¿Por qué otra vez sentía que el mundo se la había agarrado conmigo? Pero bueno, cuando llegué a casa además de enterarme de la goleada que Central había recibido, me encontré con un mensaje en el contestador.

Era Nico.

Me avisaba que venía al día siguiente a Buenos Aires.

Tenía muchas ganas de hablar conmigo.

38. La mesa de El Trébol

La cita era en el bar El Trébol, en Santa Fe y Uriburu, a las diez de la noche del lunes.

Cuando llegué, a las menos cuarto, él ya estaba sentado acá, en esta misma mesa que estamos ahora. Yo estaba en esta misma silla, mirando a Santa Fe, él ahí, donde estás vos, frente a mí. El mozo era ese morocho que ahora viene a atendernos. Aquella vez también pedimos, como hoy, dos cafés, el de él, como el tuyo, cortado.

San Martín y Bolívar en Guayaquil estaban menos tensos que nosotros dos. Él llevaba la camisa blanca Nasa que había comprado para su graduación y un chalequito negro, tenía otra vez el pelo corto y los anteojos y había perdido esa sombra de soberbia que me había hecho tan mal. Supuse que comenzaríamos una larga charla sobre nuestros destinos, sobre lo que nos había pasado, sobre cómo sobrevivir separados. Iba a hacer seiscientas preguntas y quizás obtuviera alguna respuesta.

No hablamos.

Nada.

Pasaban los minutos y no podíamos hablar. De lo que importaba, digo. Comentamos discos, el campeonato, libros, películas, pero no hablábamos.

Y después, un silencio.

Nada más.

La vista baja, los movimientos mínimos, el tema de tantas conferencias: "Los problemas de la comunicación en el fin del siglo".

No había pasado nada excepto los pibes que yiraban

por Santa Fe, como ahora. Como ahora, también, el bar estaba lleno.

Me miró fijo.

Sonrió triste.

—Osvaldo, vos sabés que vamos a terminar juntos —me dijo.

Cruzó la mesa con su cuerpo, me dio un beso en la boca y se fue.

¿Adónde?

No sé.

Nunca supe.

Fui incapaz de seguirlo.

¡Había hecho 350 kilómetros para decirme que yo sabía que íbamos a terminar juntos!

Durante meses seguí pasando por ese bar e inventé una cábala. Si al pasar la mesa estaba vacía quería decir que íbamos a volver. Si estaba ocupada quería decir que ya había sido, que no había vuelta. En el promedio, iba cincuenta y cincuenta, pero las veces en que estaba ocupada, no valían.

Si querés, andate, yo me quedo acá en la mesa. Para que no me la ocupen, claro. Chau. Después te sigo contando.

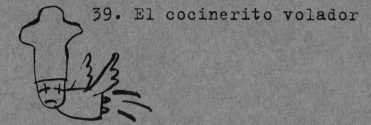

39. El cocinerito volador

A la semana volví a Rosario y estaba decidido a poner las cosas en su lugar. ¿Qué era
eso de "vos sabés que vamos a terminar juntos"?
¿Qué acto de soberbia lo había llevado a eso? ¿Cómo que "vos sabés que vamos a terminar juntos"? ¿Cuándo? ¿Por qué no ahora?

Llegué a la casa de Florencia y le conté todo.

—No vayás a lo de Nico, dejá. Si él te dijo eso es porque
está confundido, no lo jodás. Dejá que piense qué quiere, dejá que se decida cuando pueda. No seas egoísta, no
pienses sólo en vos. Pensá que él tiene sus tiempos también.

¿Qué es eso de que tiene "sus tiempos"? ¿Se compró
un reloj? El tiempo es uno solo, no me jodan. "Mis tiempos", "tus tiempos", una maricona. "¿Me querés o no
me querés?", ese es todo el intríngulis y si me querés
"mis tiempos o tus tiempos" importan un carajo.

No es cuestión de tiempo.

Es cuestión de voluntad.

Lo fui a buscar al departamentito de la calle Catamarca.

Me recibió Manu. Estaba muy desmejorado el pobre y
sin embargo, bueno, vos sabés lo que siempre me pasó
con Manu. Me dijo que Nico ya no vivía ahí. Que se había alquilado un departamento en la peatonal Córdoba.
Me dio la dirección con muy buena onda y me dijo que
por qué no pasaba a saludar a su mamá. Pensé que no tenía nada que perder y entré. Doña Ángela estaba otra vez
en su esplendor. Me atendió como si fuera de la familia.
Le había costado pero se ve que ya no me consideraba el
degenerado que había pervertido a su hijo. Había enten-

dido que la vida hace con uno lo que se le ocurre y a ella en el reparto le había tocado, nada más, nada menos, que un hijo gay.

—La que viene siempre por acá es tu mamá, ¡qué ser tan encantador! —me dijo mi ex suegra, y enseguida, sin que nada lo insinuase, entró en tema.

—Disculpame que me meta, Osvaldo, pero, ¿no hay posibilidades de arreglo con Nico? Yo lo veo tan mal desde que no está con vos. A mí ese chico nuevo no me gusta nada...

—Doña Ángela —dije sin terminar de recibir la trompada que me había tirado—, por mí vuelvo hoy, pero no depende solo de mí.

—¡Yo no sé este hijo mío! Dejarte por ese vago que no tiene dónde caerse muerto. —¿Lo estaba haciendo a propósito? ¿Se reía de mí esta vieja de mierda? ¿De qué vago hablábamos?— Porque vos por lo menos sos profesor, a él con vos no le faltó nunca nada, pero ese vago, ¿de qué le puede servir?, ¿qué le puede dar?

—Dejemos, má, de meternos en la vida de Nico, ¿si? —dijo Manu tan conciliador que me dieron ganas de derribarlo a besos. Se ve que todos estábamos más grandes, más adultos.

Con la dirección en un papelito, me fui.

Se había mudado a ese edificio enorme de la peatonal, entre Laprida y Maipú, el que está sobre la Galería del Paseo.

—¿Quién es? —preguntó por el portero eléctrico.

—Nico, Osvaldo —dije y pensé que con esas dos palabras el mundo ya estaba dicho y no hacía falta nada más. Del otro lado, hubo un silencio largo.

—Pará, ya bajo —dijo.

Lo vi llegar.

Tenía unos shorts cortísimos, la gorrita al revés, una camiseta blanca. Sonreía. Estaba muy nervioso. Me dio un beso en la mejilla.

—¡Qué sorpresa! —dijo.

Subimos. Vivía en el piso once. El departamento era

chico. Desde la ventana de la cocina se veía el río y desde la del dormitorio se dominaba toda la ciudad.

—¿Dónde conseguiste la alfombra? —pregunté, tenía una alfombra igual a la que yo había cortado en tiras.

—En Falabella, como la otra. —Falabella era el nombre que los nuevos dueños chilenos le habían puesto a la tradicional Tienda La Favorita, pero se ve que seguían vendiendo las mismas alfombras violetas, con dibujos geométricos verdes y rojos.

Estaban algunos de los muebles de los seis años, el equipo de música, los discos de Caetano, la heladera, él. No había nada que nos impidiese volver a lo que habíamos sido, dos tipos, buena gente, que se querían y que se cuidaban. No había nada que lo impidiese. Al menos, eso creía yo.

—Osvaldo, lo primero que tengo que hacer es pedirte perdón —me dijo alcanzándome, como tantas veces, un mate amargo.

—No es nada, Nico, ya está. —¡Se venía la reconciliación! Despertábamos de la pesadilla. No iba a dejar que se humillara pidiéndome perdón por no haber notado que yo era el hombre de su vida, bueno, lo importante era que estábamos volviendo—. Ya pasó, ahora...

—No, no. Me parece que estás entendiendo mal y algo de culpa tengo yo... No tendría que haber ido el lunes a Buenos Aires. Fue una boludez.

—¿Por qué? Si tenías ganas, además, para mí fue importante que dijeras lo que dijiste. Bueno, por eso estoy acá. Me parece que ya estamos como para hablar tranquilos, ¿no?

—No. Fue un error y si por eso estás acá, es más claro que fue un error. Fue un momento de calentura que no tenía que ver con vos, tenía que...

Se abrió la puerta. Entró alguien, un flaco feo y barbudo. Me miró mal, lo miró mal a Nico, no dijo nada y se fue derecho a la cocina. El tipo, se notaba, estaba en su casa.

—Vamos, Osvaldo. Vamos a hablar más tranquilos por ahí —me dijo.

Otra vez la maldita neblina, el dolor y toda esa porquería a la que ya estaba acostumbrándome. Levanté la vista y vi sobre una de nuestras bibliotecas dos muñequitos, dos cocineritos de cerámica que habíamos comprado en Río, en la feria de Ipanema. Con la mayor tranquilidad, agarré uno de los cocineritos, llegué hasta el balcón y abrí la mano dejando caer al pobre infeliz que al rato hizo un ruido que desde el departamento no se escuchó.

Nico enloqueció otra vez.

Me dijo que estaba cansado de que yo fuera tan egoísta, de que sólo pensara en mí, que lo dejara en paz, que no quería saber nada conmigo, que cómo se había podido equivocar tanto, que no apareciera nunca más y algunas otras boludeces que ya no escuché.

Agarré derecho por Córdoba hasta la terminal de ómnibus.

No vi ni hablé con nadie en las treinta cuadras que me separaban del ómnibus que me traería de regreso a Buenos Aires.

Otra vez entendí que todo se había terminado.

Que el fin era el fin.

Que nada me hacía peor que la ilusión.

Por eso decidí no tener más ilusiones.

Ni con Nico ni con nadie.

Lo que me quedaba, era problema mío.

40. Un walkman con Marilyn Manson

Hoy Nico se va del país.

Pasó ya casi un año de la última vez que nos vimos en su casa.

Me enteré que no le duró mucho lo del pibe aquel, pero no sé demasiado más.

A las tres de la tarde sale su avión para Río, desde el espigón internacional de Ezeiza.

Me llamó ayer y me dijo que se iba. Finalmente, había conseguido la beca. Si quería despedirlo. Que llegaba directo al aeropuerto desde Rosario. Que le gustaría verme para que todo quede bien, ahora que ya sabemos que no hay rencores.

¿No hay rencores?

No, no hay rencores.

Pensé mucho durante toda la mañana en si ir a despedirlo o no.

Di vueltas en la cama, miré el techo; una vez más empecé la lectura de los diarios del domingo por el horóscopo de la revista del *Clarín*: "Sorpresa: despedida", dice. Error: si algo no tiene esta despedida es sorpresa. Nico se va y eso no es ninguna sorpresa. Hace tiempo que Nico se fue. Se fue y fue bueno que se haya ido.

Ahora sé.

Dolió pero ahora sé.

Buenos Aires está caliente y estúpida. Como a mí más me gusta.

Sí, decido tomar el 86 para ir hasta el aeropuerto. Tarda casi dos horas. Es domingo y hay poco tránsito. No ha quedado nadie en la ciudad. En los costados de la ruta, algunos intrépidos toman sol, otros descansan sobre sus he-laderitas con gaseosas y sándwichs. Dos chicos lindos, en slips flúo, juegan con una pelota enorme de plástico. Me acuerdo de ya no me acuerdo qué.

El 86 avanza despacio por esos barrios grises, por esos lugares verdes que no me incluyen. Llego a tiempo, lento y a tiempo.

Hay gente, japoneses, chicas, tablas de surf.

Al fondo de todo, en el mostrador de Transbrasil, lo veo.

Está lindo.

Es lindo.

Tiene unas bermudas, y una remerita roja y zapatillas rojas. El muy puto se las puso haciendo juego. Hace los trámites, se despide con una sonrisa. Aquella sonrisa. El chico que le hace los papeles se queda mirándolo cuando se va. "¿Qué mirás?", pienso que le digo y de solo pensarlo sonrío. Ya sé que mira. A mí también me gusta.

Cuando Nico está por pasar a mi lado, me escondo de-trás de una columna.

No me ve.

Quedamos en encontrarnos en el bar.

Da una vuelta por todo el aeropuerto. Lo sigo a una distancia prudencial, como para que no pueda verme. Le queda media hora todavía, antes de embarcar. Me es-tá buscando. Mira su reloj. Me sigue buscando. Entra al bar.

Estoy pensando qué decirle.

1. Entro al bar y le digo: "Bueno, ya está, vamos a casa".

2. Entro al bar y le digo: "Tengo mi ticket, salgo para Río a las tres de la tarde, por Transbrasil, pero tengo un rato antes de embarcar".

3. Entro al bar y le digo: "Adiós y buena suerte".

4. Entro al bar y le dijo: "Sí, me queda mucho rencor, ¿y?".

No entro al bar.

Desde lejos lo puedo ver y él no puede verme a mí. Se

quita el walkman. Pide una cerveza, sigue mirando para todos lados, saca un libro de su mochila. ¿Qué? No puedo saberlo. Imagino que es *El amor en los tiempos del cólera*, pero no sé bien por qué.

El tiempo pasa y no me animo a entrar.

¿Qué tengo nuevo para decirle, después de todo lo que pasó?

¿Que sé que lo voy a amar por siempre y, sin embargo, también sé que es mejor así?

Cada tanto deja de leer y mira alrededor. Después vuelve a la lectura.

Así como alguna vez tuve que aprender que no era tan cierto eso de que el único amor bueno era el amor heterosexual, estoy aprendiendo que a veces, algunas veces, el amor puede hacerte mal. Que por alguna cosa que estará vaya a saber dónde, no supimos crecer a tiempo.

Y que brillamos demasiado.

Y que el brillo nos enceguecío.

Y lo rompíamos o nos rompíamos.

Y que empezamos a hacernos daño sin quererlo.

Pero que hubo un momento en que no importó demasiado si era a propósito o no. Hubo un momento en que la felicidad se fue y nunca fuimos gente de conformarse porque sí, con poco o nada. Lo nuestro fue bueno de verdad o no fue. Nadie podía exigirnos que nos acostumbráramos a una resignación feroz, a una existencia lánguida, a un fin en cuentagotas.

Cada mañana, al despertarnos uno al lado del otro, uno abrazado al otro, renovábamos un pacto.

Cada mañana sentíamos que ese día íbamos a ser felices porque lo íbamos a encarar juntos.

Hasta que dejó de suceder.

Y ni él ni yo estábamos dispuestos a aceptar un sinónimo de la felicidad, un sucedáneo descafeinado, malta de la alegría o algo así.

He vivido mucho desde el día en que Nico se fue.

Conocí gente impresionante y gente que da impresión.

Aprendí, otra vez, a andar solito por la vida.

A que la tele cambia de canal solo si yo tengo el control en la mano.

A que nunca hay luz en mi departamento cuando miro desde la vereda.

A no decir "nosotros".

A que la vida duele y uno no puede hacer casi nada en esas circunstancias.

Por los altoparlantes están anunciando su vuelo. Es el último llamado. Nico le hace una seña al mozo, paga una barbaridad por esa latita de cerveza, mira para todos lados, pone el libro en la mochila, se vuelve a calzar el walkman. Sé que no tengo que pensarlo pero juraría que ahí tiene a Ana Belén. O a Caetano. ¿Será Ana o Caetano?

Bajo las escaleras de la confitería, sigue buscándome. No puedo más de la curiosidad. Creo que no podría seguir viviendo si no me entero si es Ana o Caetano.

Voy a su encuentro.

Desde lejos le muestro a Sherman, la mascotita sancochada.

Me ve, me saluda con la mano, se quita el walkman.

Sonríe.

Aquella sonrisa.

—¿Es Ana o Caetano? —pregunto de lejos, mejor, pregunta Sherman.

—¿Qué? —Lo volví a sorprender. Me encantó. Lo volví a sorprender. Le señalo el walkman—. ¡Ah! ¿Qué estoy escuchando?

—Sí. ¿Ana o Caetano?

—Marilyn Manson —me dice y se ríe. Mucho—. Ahora escucho rock satánico.

Vamos caminando rápido hacia la puerta de embarque. El tipo que está parado en la escalera hace señas. Parece que hay que apurarse.

—Bueno —me dice—, chau.

—Claro. —Me escucho decir—. Chau.

¿Nadie va a decir nada?

No.

Nadie va a decir nada.

A ver, ¿qué dirías? Ya está todo dicho, ¿no te parece?

—Quería decirte... bueno, qué sé yo, fue bueno y eso —me dice.

—Fue bueno dejarme —respondí.

—No empieces.

—Era una broma. Ya sé cómo fue. Ojalá que lo que venga sea tan bueno como lo que pasó.

—Ojalá. Cuidate, ¿eh?

—Cuidate vos, que sos el que se va a Río.

Saca un paquetito de forros del bolsillo de la bermuda.

—Sí, yo me cuido —dice y sonreímos.

Muestra el ticket. La escalera mecánica comienza a llevárselo. Entonces, como en aquella tarde de frío en Plaza Pringles, vuelve corriendo. El tipo de la escalera lo mira mal. Enseguida lo va a mirar peor, cuando me abrace y me bese como aquella vez. Es un beso fuerte en la boca y el aeropuerto que deja de respirar por un segundo.

—¡Chau! —me grita y mientras vuelve a la escalera se saca el walkman y me lo tira. Lo agarro al vuelo y ahí me quedo, mirándolo, mientras la Puerta Uno de embarque se lo traga para siempre.

Alguna gente se reúne alrededor mío y me mira mal.

Una pareja de gays me saludan y sonríen.

El mundo, parece, está en su lugar.

Voy hacia la cola del 86 para volver al Centro.

Me calzo el walkman.

No está Marilyn Manson.

Es Ana Belén cantando en portugués.

Tomo el colectivo.

Alguno de todos esos aviones se lleva a Nico a otro país.

Ninguno de esos aviones me lleva a mí.

Supongo que este es el final de una historia de amor.

Como decía el poeta "que sea infinito mientras dure".

Y pude darme cuenta cuando me estaba pasando.

Hay gente que vive toda una vida sin algo así.

Creo que estoy contento.
Por la ventanilla del 86 tiro a Sherman en el campo.
Saco el cassette.
Mejor escucho la radio.
Mejor.

Osvaldo Bazán
Congreso - Buenos Aires
Enero - Abril 1997
Abasto 2004

Nota del autor a esta edición

Sí, lloré mientras contaba la historia de Nico. Tanto, que se borraron los guiones de diálogo de la primera edición. Cuando salió el libro hubo algunos que elogiaron la osadía de la experimentación: "Un libro sin guiones de diálogo ¡qué audacia!". ¿Y cómo les iba a decir que en realidad fue porque de tanto llorar ni me di cuenta de qué apreté y los guiones desaparecieron?

Ahora que vuelve a la calle, y yo estoy mucho mejor, ya aparecieron todos los guiones que habían desaparecido. Y algunas otras cosas. Algunos capítulos que antes no supe contar. Algunas situaciones que ahora pude revisitar. En fin, que esta edición está basada en aquella pero tiene algunos cambios.

Durante estos años que Nico anduvo en las calles pasaron algunas cosas interesantes. Chicos gays que me dijeron que le regalaron el libro a sus madres (¿me convertiré en el escritor preferido de las madres de los gays?, ¿el yerno ideal?), chicos heterosexuales que se sintieron identificados con los sentimientos de los protagonistas, en fin, que parece que la historia pegó en algún costado sensible de los lectores.

Quiero agradecer al profesor Daniel Balderston que se puso en contacto con mi trabajo y fue tan cálido y conceptuoso, a Costanza Brunet, única responsable de esta edición maravillosa y a Nico, que estando allá lejos terminó por convertirse en un personaje de novela. Y a todos los que leyeron y se emocionaron con la primera edición.

Finalmente, ¿cómo siguió la historia?, ¿qué pasó después de la despedida?

¿Tenés tiempo?

Te cuento.

Sobre el autor

Osvaldo Bazán nació el 7 de agosto de 1963 y hasta 1982 vivió en Salto Grande (Santa Fe). Estudió periodismo en la Universidad de La Plata. Desde 1984 hasta 1995 trabajó como periodista en Rosario, en radio, televisión y diarios. En 1996 se radicó en Buenos Aires, donde trabajó para los diarios *Página/12* y *Perfil*. Fue redactor de las revistas *Noticias* y *Espectador* y trabajó en los canales 13 y América. Actualmente realiza periodismo gráfico como colaborador de la revista *Veintitrés*, televisivo en TN y radial en LT8 Radio Rosario. Publicó la primera edición de la novela *...y un día Nico se fue* (Bajo la luna nueva) en el año 2000. Publicó también la novela *La más maravillosa música (una historia de amor peronista)* (Perfil, 2002) y la investigación *Historia de la homosexualidad en la Argentina. De la Conquista de América al siglo XXI* (Marea, 2004). En 2002 fue distinguido por las organizaciones GLTTB de Argentina por haber difundido una imagen positiva del movimiento gay en los medios de comunicación.

Índice

Prólogo a la nueva edición 7

1. Berenjenas y sandías 11
2. Cenando con un nazi 16
3. Un pulóver azul 26
4. ¡Feliz cumpleaños! 30
5. Noticia para la familia 39
6. El hermano 43
7. El padre 47
8. Silencio 53
9. Mi mamá 55
10. El malentendido 61
11. Un espíritu indómito 64
12. Trash en el palier 66
13. "¡Qué bien besás, Bazán!" 71
14. La pareja ideal 74
15. El campopopular 81
16. La fatiga de los materiales 87
17. Yo morderé tu empanada turca 91
18. La venganza de la tía Alcira 93
19. El chiste del administrador 100
20. El casamiento 102
21. Frodo 108
22. Papa don't preach 120
23. Bailando en chancletas hacia atrás 125
24. Treinta años 136
25. El incordio 139
26. Hablan los orixás 144
27. Éramos pocos y apareció la psicóloga 148
28. Un país llamado "Carajo" 151
29. Funky Town 154
30. Piñas 160
31. Nico City Tour 164
32. Clausewitz, Sun Tzu, Maquiavelo 167

33. Todo era nuevo en Buenos Aires,
    excepto la tristeza..172
34. A seis o tres grados de todos 174
35. La marcha del orgullo.......................................178
36. Curly for President..182
37. Será que me gustan los problemas....................185
38. La mesa de El Trébol...189
39. El cocinerito volador...191
40. Un walkman con Marilyn Manson 195

Nota del autor a esta edición...................................201
Sobre el autor 203

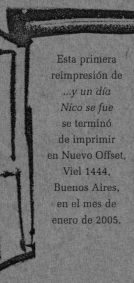

Esta primera
reimpresión de
*...y un día
Nico se fue*
se terminó
de imprimir
en Nuevo Offset,
Viel 1444,
Buenos Aires,
en el mes de
enero de 2005.